# Amor pelo telefone

# Amor pelo telefone

FLORENCE L. BARCLAY

**Diretor-presidente:**
Jorge Yunes
**Gerente editorial:**
Luiza Del Monaco
**Editoras:**
Gabriela Ghetti, Malu Poleti
**Assistentes editoriais:**
Júlia Tourinho, Mariana Silvestre
**Suporte editorial:**
Nádila Sousa
**Estagiária editorial:**
Emily Macedo
**Coordenadora de arte:**
Juliana Ida
**Assistente de arte:**
Daniel Mascellani
**Designer:**
Valquíria Palma
**Gerente de marketing:**
Cláudia Sá
**Analistas de marketing:**
Flávio Lima, Heila Lima
**Estágiaria de marketing:**
Carolina Falvo

*The Wall of Partition*

1ª edição – São Paulo

**Preparação:**
Alba Milena
**Revisão:**
Lorrane Fortunato, Mareska Cruz
**Diagramação:**
Vitor Castrillo
**Projeto de capa:**
Fernanda Melo
**Imagem de capa:**
Shutterstock | Nejron Photo

**DADOS INTERNACIONAIS DE CATALOGAÇÃO NA PUBLICAÇÃO (CIP) DE ACORDO COM ISBD**

B224a Barclay, Florence L.
Amor pelo telefone / Florence L. Barclay. - São Paulo, SP : Editora Nacional, 2022.
224 p. ; 14cm x 21cm. – (Biblioteca das Moças ; v.2)

Tradução de: The wall of partition
ISBN: 978-65-5881-128-2

1. Literatura inglesa. 2. Romance. 3. Jovem adulto. I. Título. II. Série.

2022-1583 CDD 823
CDU 821.111-31

Elaborado por Vagner Rodolfo da Silva - CRB-8/9410

Índice para catálogo sistemático:
1. Literatura inglesa: Romance 823
2. Literatura inglesa: Romance 821.111-31

Rua Gomes de Carvalho, 1306 – 11º andar – Vila Olímpia
São Paulo – SP – 04547-005 – Brasil – Tel.: (11) 2799-7799
editoranacional.com.br – atendimento@grupoibep.com.br

# Prefácio

Olá, queridas leitoras e queridos leitores!

Me senti muito honrada com o convite para escrever estas linhas, falando sobre um livro especial, que faz parte dessa coleção que tem um espaço gigantesco no meu coração.

A ideia de trazer de volta a Biblioteca das Moças por si só já é fascinante. É uma oportunidade de apresentar aos leitores atuais, mesmo aqueles que "já leram de tudo" histórias que talvez ainda não tenham tido o prazer de conhecer.

Florence L. Barclay nasceu na Inglaterra, onde escreveu seus vários romances e contos e constituiu família. Era uma mulher devotada e religiosa, e isso se reflete em sua obra.

Florence morreu jovem, mas deixou diversas obras a serem apreciadas.

*Amor pelo telefone* é um romance que retrata um sentimento que ultrapassa os anos e perdura.

A construção do texto é linda, considerando diversos fatores estéticos e de enredo, e sigo extasiada até agora com as maravilhas que a narrativa, tão fluida, me fez sentir.

A autora colocou na história diversos detalhes que nos transportam à época em que se passa o romance. Nos sentimos ali, como se vivêssemos a história por meio das personagens. O telefone, que evoluiu e hoje se tornou quase uma parte do ser humano, era até então um luxo; ainda era necessário que uma telefonista completasse as ligações. A espera, os toques, a ansiedade… Essas coisas tornavam a interação através do aparelho ainda mais mágica, e isso é algo que fica muito nítido ao longo da leitura do livro. São pormenores que tornam a narrativa verossímil e, ao mesmo tempo, mágica.

Focando nos nossos protagonistas, Rodney é um escritor famoso, e sua paixão pelos livros encanta qualquer leitor. No início da história, sabemos que ele viveu ardentemente um amor no passado, mas, após ter sido abandonado por sua amada, passou a viver em função da escrita e da ficção.

Sabemos também que um novo romance, escrito por um autor anônimo, foi lançado e está fazendo sucesso de uma forma estrondosa, superando até mesmo a fama de Rodney.

É nesse cenário que, após dez anos fora, Rodney retorna para Londres e fixa residência no apartamento de um amigo. Mas basta uma ligação por engano para que a vida pacata do escritor tome um novo rumo.

Do outro lado da linha, uma mulher desconhecida procura por um médico. Ainda que não a conheça, a voz dela faz com que Rodney se lembre de alguém do passado e, mesmo que isso seja tortura, ele não quer perder esse alento.

Enquanto as ligações continuam a ocorrer, uma intimidade surge entre eles, mesmo que conversem só pelo telefone. A história de Rodney e sua amada Madge vai sendo esclarecida ao mesmo tempo em que o mistério sobre o autor anônimo é revelado, e as nuances da escrita de Florence tornam tudo ainda mais empolgante.

Recomendo que vocês embarquem na jornada dessa leitura de coração aberto para apreciar os detalhes sutis, os toques delicados e o sentimento tão presente nas conversas roubadas.

Há uma sensibilidade gigante, que toca a alma e nos faz refletir sobre coisas como o amor paciente e a constância dos sentimentos verdadeiros.

Com maestria e delicadeza, a autora constrói uma narrativa que conversa com o leitor, avançando de forma suave, mas, ainda assim, mantendo-o fisgado até a última página.

Desejo que apreciem a leitura e consigam sentir o que Florence transmitiu profundamente com esse livro, recheado de amor a cada página.

Um abraço,

**Sara Fidélis**
Autora de *Teseu*

# Nota da edição

Durante a escolha deste segundo livro da reedição da coleção Biblioteca das Moças, nossa busca tinha a intenção de trazer algo diferente, incomum às publicações da época, que eram em sua grande maioria recheadas de mocinhas — virgens — e galantes cavalheiros — nada celibatários.

O nome de Florence L. Barclay saltou aos nossos olhos, e este título foi o escolhido.

Florence nasceu em 1862, na Inglaterra. Casou-se com o Reverendo Charles Barclay em 1881, teve oito filhos e só começou a escrever no início do século XX, quando ficou acamada por um longo período. Teria seu processo de escrita se dado por tédio? Por ter — finalmente — conseguido tempo livre depois de ter dado à luz oito filhos? Nunca saberemos! A questão é que por conta deste período a escritora dentro de Florence ganhou o mundo.

A autora figurou na lista de best-sellers com inúmeras de suas obras, mas a mais famosa foi *The Rosary* (*O Rosário*, lançada pela Editora Nacional em 1926), que ganhou adaptação ao teatro na França e série de TV e novela no México. (Novela mexicana, gente! Percebem aonde Florence chegou?)

Então, vocês podem perguntar qual o motivo da escolha de *Amor pelo telefone* em vez de *O Rosário* para esse segundo livro da nossa renovada coleção Biblioteca das Moças, e a gente responde: mocinha viúva, mais velha e mocinho celibatário! Não é o suco da revolução feminina em pleno início do século XX? A gente acha que sim! E temos certeza de que a irmã de Florence, Maud Ballington Booth, que foi líder do Exército da Salvação e cofundadora das Voluntárias das Américas, também achava.

*Amor pelo telefone* revoluciona desde seu início por ser narrada na visão do protagonista. Sim, é o mocinho que dá o tom à história, e é dele o arco de descoberta, autoaceitação e autorreflexão. Rodney Steele está de volta a Londres depois de dez anos viajando pelo mundo e escrevendo seus livros românticos de aventura. Mas Rodney tem um segredo: ele também é Max Romer, o aclamado e misterioso autor de *A grande separação*, que conta sua história de amor mal resolvida com Madge, nossa mocinha.

Vocês conseguem imaginar um protagonista que está tão magoado com o que aconteceu há uma década que precisa — *necessita* — escrever um livro sobre o que viveu? Não é o máximo?! Dessa vez, quem precisa ter paciência, esperar, entender a inocência e a mágoa é a mocinha, e ela cumpre esse papel com muita elegância, muitíssimo obrigada!

Além de apresentar um protagonista mais ligado aos sentimentos do que aos — como podemos dizer? — anseios carnais, Florence também nos presenteia com discussões importantes sobre o uso de substâncias ilícitas e sobre as consequências de um relacionamento abusivo e como ele pode minar a alegria de quem está preso na relação.

Se preparem para virar as páginas e conhecer a história de Madge e Rodney e o que levou os dois a se separar por dez anos, mesmo se amando profundamente. Ah, e está permitido se apaixonar por Billy, o irmão mais novo de Madge!

Boa leitura!

**Luiza Del Monaco, Gabriela Ghetti,**
**Alba Milena, Julia Braga e Emily Macedo**
EQUIPE EDITORIAL

# I
# Dez anos depois

Um espesso nevoeiro cobria a cidade de Londres na tarde de 12 de dezembro. O fenômeno não era causa de estranhamento, e sim esperado, já que faltavam pouco menos de quinze dias para o Natal.

Os passageiros haviam atravessado o Canal da Mancha sob um sol forte e céu azul, embora o mar estivesse agitado. As ondas se erguiam como cavalos de corrida, sacudindo suas crinas brancas de encontro ao casco da barca, quebrando-se em seus flancos, atirando espuma para o ar, espalhando-se no deque e molhando os poucos passageiros que estavam por ali; depois, atiravam-se contra a popa da barca, levantavam o veículo no alto de suas cristas e desfaziam-se ruidosamente, permitindo seu rumo para Folkestone.

O trem que levava os passageiros da barca atravessou a toda velocidade o condado de Kent. Dentre os viajantes ainda capazes de algum esforço — porque a travessia tinha sido bem desgastante — alguns desembaçavam as vidraças para contemplar a campina que se desenrolava. Uma geada cobria os jardins, pequenas igrejas surgiam por entre pomares e chácaras, e o brilho purpurino das flores de azevinho se destacava sobre um fundo verde, dando um tom festivo à paisagem invernal.

Londres parecia empenhada em mostrar toda sua beleza característica à época de Natal, o que acabava deixando milhares de comerciantes mais ricos e, portanto, felizes. Neste dia em questão, todos pareciam inquietos por conta do nevoeiro que se misturava à poluição, de forma a parecer uma cúpula de tom amarelo opaco. Alguns raios de sol ousavam atravessar essa camada, dando ao astro a aparência de uma bola de fogo prestes a se apagar. Os transeuntes seguiam seu caminho apressados, aproveitando enquanto o véu amarelo, suspenso sobre suas cabeças, não descia dos céus para mergulhar tudo em escuridão.

Se aproximava a hora de o trem chegar à Charing-Cross. Longos carrinhos de bagagem estavam a postos para receber as malas e encomendas que chegariam. Os empregados da alfândega, cada qual em seu lugar, entretinham-se caminhando de um lado para outro ou escrevendo nas tábuas dos carrinhos sinais que apenas eles entendiam.

O expresso enfim apareceu. Um exército de funcionários prontos e alertas surgiu na plataforma de chegada, e os amigos e parentes dos viajantes, vindos para recebê-los, acomodaram-se apressadamente logo atrás deles. A locomotiva rompeu o nevoeiro com grande estrondo, desdobrando fumaça atrás de si, e, moderando a marcha, parou na plataforma.

Um homem alto pulou de um dos primeiros vagões, virou-se e, destacando-se da multidão, dirigiu-se para o centro da estação.

Ele tinha as mãos enterradas nos bolsos do casaco e não carregava bagagem alguma, a não ser pelo cachecol que trazia atirado sobre os ombros. A única característica que o denunciava como viajante era a cor de sua pele bronzeada, que só podia ser consequência de ter passado grande temporada sob sol escaldante. Ele se comportava como qualquer passageiro vindo do subúrbio, embora houvesse dez anos que não visse o nevoeiro de Londres nem ouvisse o zum-zum-zum rotineiro da vida comercial da cidade. Durante os anos em que passara longe dali, ele havia atravessado continentes e visitado os mais diversos países. Agora, caminhando pela estação Charing-Cross, suspirou de prazer por se encontrar de novo em uma estação londrina, mas tentou conter a emoção para que ninguém notasse os sentimentos que lhe assomavam por estar, enfim, em meio a sons familiares.

Não esperava ser recebido nem por parentes nem por amigos. A felicidade do seu regresso era apenas dele. Até que, na plataforma que até há pouco estava deserta, apareceu uma moça pequena, usando um casaco de peles que emoldurava seu lindo rosto. Ela caminhou a passos apressados em sua direção, um ramalhete de violetas pendendo do bolso de seu casaco, quase caindo com o movimento. Quando se aproximou dele, abriu os braços e gritou:

— Meu amor! Seja bem-vindo!

O viajante esperou então ser tomado nos seus braços e apertado contra o ramalhete de violetas. Estava preocupado em como iria corresponder ao acolhimento inesperado, quando se deu conta de que os olhos da mulher o atravessavam. Olhando sobre os ombros, viu atrás de si um menino pálido que, pelos modos, acabava de chegar de um colégio interno no interior e tinha uma aparência doentia pela travessia atribulada.

O viajante abriu passagem.

A senhora passou à sua frente, deixando o rastro doce de seu perfume e o tilintar de suas joias.

Instantes depois, o pobre menino, cansado e muito abalado da viagem por mar, estava nos braços de sua mãe. Ela o abraçava, perguntava de tudo, abraçava de novo. Ele se deixava abraçar, afinal os colegas não estavam ali para zombar. E era, na verdade, reconfortante, após a longa viagem, sentir o abraço da mãe e seu cheiro de violetas; o conforto do abraço o fazia esquecer os horrores da travessia e a longa viagem de inverno de Lausanne a Londres. Nos braços de sua mãe, era como se estivesse em casa, e não na estação Charing-Cross.

O viajante sorriu com tristeza e seguiu seu caminho.

Que bobagem, mesmo que por alguns instantes, ter imaginado que as palavras de boas-vindas eram dirigidas a ele! Não estava careca de saber que após dez anos de sua ausência na Inglaterra não tinha uma única pessoa que desse importância ao seu retorno? Suspirando, foi em direção à maior banca de jornais da estação.

Logo encontrou uma pilha de seus livros, em várias edições. Um livro para cada ano que ficara fora. Um display colorido assinalava uma pilha e chamava a atenção dos compradores.

*O ÚLTIMO LANÇAMENTO DE RODNEY STEELE*

**O VOO DO BUMERANGUE**

Pegou um exemplar de *O voo do bumerangue*; era o primeiro exemplar finalizado que segurava em mãos. Folheou-o rapidamente.

O vendedor do quiosque imediatamente se aproximou.

— Livro muito interessante, senhor. O último de Rodney Steele. Acabou de ser lançado.

Steele lançou um olhar alegre para o vendedor. Eram as primeiras palavras dirigidas a ele desde que tocara o solo inglês. Seriam elas de bom agouro?

— E o livro está vendendo bem? — perguntou.

— Todos os livros de Steele vendem bem, senhor. Todos eles são recheados de muita aventura, cenários alegres, muito amor... Nada de problemas sociais, nada que traga tristeza e são sempre coroados com um final feliz... Exatamente do que os leitores gostam.

— Entendi. Então todos os livros de Rodney Steele têm esses mesmos ingredientes?

— Uns com menos, outros com mais, mas a estrutura geralmente se mantém como falei. O sr. Steele viaja o mundo e escreve de acordo com o país que visita. Aqui, o livro *A Esposa Borboleta* se passa no Japão; *O Príncipe de longo rabicho*, na China; *Entre os pendões de púrpura* é uma história do faroeste americano; *A Sentinela do deserto* se passa no Egito. Ainda não escreveu nada sobre a Índia, mas tenho certeza de que em breve teremos algo nesse cenário.

Rodney franziu o cenho enquanto devolvia o livro à prateleira.

— Mas isso não parece ser muito interessante.

O rosto expressivo do vendedor mostrava que ele estava enganado.

— Enfim, senhor, eu não digo que isto seja "literatura". — Rodney sorriu. Essa expressão era familiar nas críticas que recebia. — Pode até ser que não seja o tipo de leitura que lhe agrade. Mas os livros são de leitura fácil, com ótima descrição dos cenários, como já lhe expliquei, e isso faz muito sucesso entre os leitores.

O vendedor continuou arrumando a pilha de livros cuidadosamente, dando mais realce ao display da propaganda, quando um comprador se aproximou e ele vendeu o exato livro que Rodney Steele tinha segurado minutos antes. Virou-se então para Rodney com uma expressão de triunfo no olhar. Mas Steele não se interessava mais por *O voo do bumerangue*. Sua atenção agora estava voltada para um livro de capa preta, que trazia, em dourado, o título e o nome do autor.

***A GRANDE SEPARAÇÃO***

POR MAX ROMER

O display colocado sobre a pilha dizia:

**O LANÇAMENTO DO SEMESTRE**
**DEBUT DE MAX ROMER**

— Que livro é este? — Steele perguntou ao vendedor.

— Ah! Deste o senhor vai gostar. Meu patrão leu e disse que este vale por todos os livros do Steele. É o livro do momento. Todos o compram, todos falam dele, além do quê... Sim, senhora — respondeu a uma outra cliente — *A grande separação*! Aqui está, muito obrigado.

— Quem é Max Romer? — perguntou Rodney Steele com cautela.

— Ninguém sabe, senhor. Acham que é um pseudônimo. Ouvi dizer que é uma mulher, mas acho difícil.

— E quais são os *ingredientes* do livro dele?

O vendedor hesitou um segundo, e então respondeu com simplicidade:

— O amor. O amor e a vida.

— O amor? — continuou Rodney Steele. — Mas não foi assim que você descreveu os livros de Rodney Steele?

— Sim, foi. Mas no livro de Max Romer o amor é verdadeiro.

Rindo, o viajante respondeu:

— Estou convencido. Vou querer levar o amor verdadeiro.

Ele colocou o livro no bolso do casaco e entregou uma moeda ao vendedor.

— Guarde o troco, amigo. Tomei muito do seu tempo. Mas, antes de eu ir embora, me diga qual prefere: Max Romer ou Steele?

O vendedor corou e, titubeando, respondeu:

— Ainda não li *A grande separação*. Só ouvi dizer maravilhas. Mas li todas as obras de Steele, a não ser o novo, *O voo do bumerangue*.

Depois, muito franco, como é da natureza dos britânicos, olhou fundo nos olhos de Steele e continuou:

— Além do mais, Steele é meu autor favorito.

— Obrigado pela franqueza, amigo. — E, pegando um exemplar de *O voo do bumerangue*, Steele escreveu uma dedicatória na primeira folha e presenteou o vendedor. — Para sua coleção. E aqui está o dinheiro pela compra. Muito obrigado pela recepção que me deu após dez anos de ausência.

Então, dando meia-volta, Steele foi pegar sua bagagem. No seu rosto moreno e magro, trazia um sorriso vago, pois em seu bolso direito se achava o famoso romance de Max Romer "que vale mais do que todos os livros de Steele", como declarara o patrão do vendedor da banca e como, sem dúvida, também era a opinião do público. Apesar disso, o jovem vendedor se mantivera fiel ao seu "autor favorito".

— Pelo menos um afago em meu ego — concluiu Steele.

## II
## Sem boas-vindas

Quando Steele chegou à alfândega, os viajantes se comprimiam ao redor dos balcões para pegar as bagagens, e todos, sem exceção, afirmavam não ter nada a declarar.

Então percebeu que estava novamente junto à mulher das violetas.

Perto da mãe, o garoto havia perdido o aspecto doentio. Havia esquecido a travessia conturbada do Canal da Mancha. Mentalmente, se sentia um herói.

— Fizemos uma travessia tranquila — Steele ouviu o garoto contar —, mas a maioria das mulheres e crianças tiveram que ficar protegidas no deque inferior.

Ela lutava com as chaves e, sendo baixinha, tentava se enfiar embaixo dos braços dos outros passageiros para ter uma visão melhor das bagagens. Mesmo assim, virou-se amorosa para o filho e respondeu:

— Ainda bem que você é um ótimo marinheiro, meu amor.

Steele sorriu, achou suas malas e, dirigindo-se a um carregador, perguntou:

— Como posso levar minhas bagagens?

— Um táxi pode levá-las — respondeu o funcionário.

E essas simples palavras fizeram com que Steele sentisse, finalmente, como tudo havia mudado nos dez anos que ficara fora.

— Regent-House, 49, Regents Park — disse ele ao motorista. — É uma construção nova, no fim de Rua Harley. Se o nevoeiro não o incomodar, pode atravessar o parque. E vá devagar, por favor; quero apreciar a vista.

E enquanto o táxi deslizava ao longo do tráfego, em direção à larga avenida que levava ao Palácio de Buckingham, Steele olhava para fora com avidez, observando os monumentos encobertos pela bruma. E, quando surgiu o mármore branco, em memória da Rainha falecida, ele tirou o chapéu respeitosamente.

Em Hyde Park Corner, o nevoeiro estava menos denso.

O motorista, buscando trafegar pelas ruas com mais luminosidade, contornou Picadilly, subiu a Rua Bond e atravessou a Rua Oxford.

As casas comerciais iluminadas davam a Steele a sensação de progresso nos dez anos que ficara fora. Havia mais gente pelas ruas, também. Finalmente, seu táxi avançou pela Wimpole, e então o cenário do qual se lembrava se descortinou. Lá, naquela rua antiga de fachadas uniformes e tristes, ele buscava pelo número 50, diante do qual jamais passara sem um arrepio de emoção. Seus olhos procuravam descobrir a placa comemorativa colocada ao alto da casa e que dizia:

**Nesta casa viveu a poetisa Elizabeth Barrett Browning, de 1838 a 1846**

Ali estava a escadaria tantas vezes galgada por Roberto Browning, poeta aclamado e um dos melhores homens de sua geração, que levara à frágil e melancólica Elizabeth Barrett a homenagem de seu amor, no qual ela se recusava a crer. Ela sempre afirmava que não poderia corresponder ao sentimento por conta de seu estado de saúde, que parecia condená-la a uma perpétua reclusão. Após anos, o poeta conseguira enfim tirar sua amada daquela casa triste como uma prisão. A ela, ele restituiu a saúde e a vida e com ela viveu o mais belo poema de amor jamais sonhado, até o dia em que ela, satisfeita, morreu em seus braços.

*Ah! Os dois devem realmente ter conhecido o significado da felicidade*, pensou Steele, enquanto o táxi se afastava. Mas quantos fantasmas teriam barrado esse amor se eles tivessem hesitado ou olhado para trás em vez de caminhar para a frente como fizeram, banindo o receio... Amor perfeito? Perfeita confiança?

Meu Deus! Isto é possível num mundo de desconfiança? Algum amor digno deste nome pode existir onde não há confiança?

No passado, Steele não tinha sido um herói, mas um homem honesto, daqueles que são frequentemente postos em situação difícil pelas circunstâncias. E aquela a quem amava com toda sua alma, em quem tinha confiança extrema, havia terminado o noivado a uma semana apenas do dia do casamento. As últimas palavras de sua noiva tinham sido essas: "Faça-me o favor, Rodney Steele, de desaparecer, e nunca mais me dirigir a palavra". E ele obedeceu; partira havia dez anos e nunca mais se falaram.

De súbito, atravessando a Via Marylebone, o táxi se desviou, e esteve a ponto de se chocar com um ônibus que, sem se ater ao nevoeiro e às ruas escorregadias, trafegava acima da velocidade. A guinada, os gritos e o acidente evitado despertaram a ira do homem. Ele se inclinou para a frente, revoltado com o motorista do ônibus.

Finalmente, o táxi atravessou uma grade e parou a uma das portas de uma bela construção de pedra, que se erguia em frente à Rua Wimpole, e onde se encontrava o apartamento posto à disposição de Steele por Billy Cathcart, seu primo e amigo.

No momento em que o táxi se colocava diante da porta principal, um outro táxi executou uma manobra idêntica. O porteiro, alerta e atento, desceu aos saltos os degraus da escada, a fim de cuidar das bagagens e, enquanto Steele descia e pagava o motorista, o cliente do segundo táxi atirou uma valise ao porteiro e deteve-se para separar o dinheiro.

No mesmo instante, puderam-se ouvir gritos da janela acima. Os dois homens levantaram a cabeça. Graças às numerosas fotografias enviadas por Billy, a longa fachada onde estava situado o apartamento que o esperava era familiar a Steele. Ele distinguiu as janelas iluminadas, embora as venezianas estivessem fechadas. Ao contrário, no apartamento à direita do seu, as venezianas estavam abertas, mas o interior da sala permanecia mergulhado na escuridão. À esquerda, as venezianas estavam abertas, as salas alegremente iluminadas e, colados à vidraça, apareciam três rostos de crianças. De pé, por trás dos pequeninos, era possível discernir uma silhueta feminina.

Três pares de mãozinhas batiam ao mesmo tempo nos vidros.

O viajante então acenou com um gesto vivo e alegre, fazendo um cumprimento com a mão.

— Vamos comigo, Maloney — disse ao porteiro. — Depois volte para apanhar a bagagem.

— Sim, senhor — respondeu Maloney —, só preciso deixar os pacotes em segurança.

Atravessaram o hall com o porteiro e subiram o elevador até o segundo andar.

As portas dos dois apartamentos ficavam de frente uma para outra. Uma delas estava aberta, e era possível ouvir risadas de crianças.

Quando o elevador parou, Steele se afastou para deixar seu companheiro passar. Seguindo-o tão de perto, observou sua recepção ao chegar em casa.

Então ouviu o som de pezinhos correndo, depois o farfalhar da seda. Os braços de uma mulher atiraram-se ao pescoço do homem, e Steele viu a alegria que irradiava do lindo rosto levantado:

— Bem-vindo! Bem-vindo, meu amor. Foram dez dias que pareceram dez anos! Ah! Que alegria que você voltou! — Depois, com um gesto carinhoso, levou-o para dentro do apartamento.

Steele continuou sozinho no patamar da escada, parado entre duas portas fechadas.

Pensou em como as mães e as esposas recebem bem os seus. Ele sorriu, um sorriso difícil de interpretar, e tocou a campainha do número 49.

A porta se abriu prontamente e apareceu o sargento Jake, que, apesar de todos os esforços para parecer um mordomo, seguia parecendo um soldado. Fora o sargento Jake quem havia ajudado Steele a pôr Billy a salvo, quando este ficara gravemente enfermo na guerra. Jake, os calcanhares unidos, o peito encurvado, fez a saudação militar com a mão direita. Seu braço esquerdo, perdido na batalha, fora o preço que havia pagado pela vida de seu jovem capitão.

— Ah! Jake! É você? Que surpresa! — disse Steele alegremente. — Não esperava encontrar aqui um velho camarada!

E, transpondo o limiar, entrou no confortável hall do apartamento de Billy.

# III
# Um herdeiro

Uma hora mais tarde, Steele, sentado à vontade numa das grandes poltronas da biblioteca, fumava seu cachimbo com a sensação agradável de um repouso absoluto e a certeza de estar finalmente de volta. Dos prazeres que esperava com seu retorno, estava a paz absoluta, mesmo com a proximidade de uma das mais barulhentas avenidas de Londres.

Jake tinha levado a bandeja do chá e posto um exemplar do *Times* sobre o aparador.

Por duas vezes, Steele estendera a mão em direção ao jornal, mas das duas não o tocou, preferindo a calma de seus próprios pensamentos à leitura. Tinha perdido o hábito cotidiano de ler jornal e, sem muita vontade, acabou se rendendo e desdobrando o *Times*.

Ainda que Steele soubesse da escada, do elevador e de todos os apartamentos do prédio, quando a porta do número 49 se fechou e ele se viu sozinho no hall, onde ardia um lindo fogo, que clareava as estampas antigas, e quando teve que seguir o longo corredor silencioso que levava ao seu quarto; e, quando, enfim, se viu instalado, logo adiante, na biblioteca de Billy, onde o rumor de fora não chegava, experimentou a ilusão agradável de se encontrar em uma casa de campo, bem longe de outras habitações. A calma era tão completa que a ideia de estar rodeado de perto por desconhecidos parecia surreal; como acreditar que atrás da parede esquerda, alguém, segundo toda a probabilidade, provava o chá e que, do outro lado da sala de jantar, o homem que subira o elevador com ele deveria estar agora sentado aos pés da esposa e rodeado de três cabecinhas encaracoladas? Era estranho estar sozinho, mesmo rodeado por tantas pessoas.

Enfim, logo Billy chegaria. Havia telefonado informando sobre sua chegada, mas que o nevoeiro lhe causara um atraso. O telefone ficava no vestíbulo e já havia tocado inúmeras vezes.

Jake tinha atendido, mas não o chamara. Steele concluiu que os recados não lhe diziam respeito — fora que, quem ligaria para ele? Apenas Billy e seus editores sabiam de seu retorno.

A sensação de estar e não estar em Londres era singular. Será que conseguiria voltar à rotina?

Descansou o cachimbo e, dessa vez, abriu o jornal. Na manchete, um nome chamou sua atenção. Leu sem se mover, a cor esvaindo de seu rosto.

**Nasceu em 26 de novembro, na cidade de Simla, na Índia, o herdeiro do casal Hilary**

Rodney Steele largou o jornal.

Após dez anos, ainda tinha dificuldade em aceitar o fato de que, pouco tempo depois do término do noivado, a moça que amava havia se casado com outro!

Durante anos esperara aquela notícia... E recebera informações seguras de que a mulher que o abandonara no altar não havia ainda dado um filho ao marido.

E, hoje, em Simla... nascera um filho do casal Hilary!

Rodney pegou novamente o cachimbo que estava apagado.

Uma vez, anos antes, ele e ela passeavam numa alameda florida de Surrey. O amor era novidade e cheio de maravilhas.

Saltaram juntos uma mureta a fim de entrar num campo de primaveras. As crianças, que sua amada adorava, estavam todas ao seu redor. Um pequeno, todo de cor de rosa, segurou-se no seu vestido branco quando ela o roçou ao passar. Ela se inclinou, então, para a criança, tomou-a nos braços jovens e fortes, levantou-a bem alto e balançou-a por sobre a cabeça, sorrindo; depois, docemente, abaixou o pequeno, que se inclinou contra seu peito, acariciando-lhe o pescoço com as mãozinhas rechonchudas.

Então, olhando para Steele, que a observava com ternura, disse:

— Ah, Roddie, adoro crianças!

E ele compreendeu o que significaria para ele vê-la um dia com um filho seu nos braços.

O perfume das primaveras flutuava em redor dele.

*Nasceu o herdeiro do casal Hilary.*

Uma chave rangeu na fechadura do vestíbulo. A porta foi então violentamente fechada de novo.

Rodney Steele se levantou e esperou.

E Billy ruidosamente irrompeu pela sala.

# IV
# Billy, o Diplomata

Billy, aparentando estar mais jovem do que nunca, gritou cheio de entusiasmo:

— Meu velho! — As mãos dos dois homens se juntaram em um caloroso aperto.

— Amigo — disse Rodney. — Percebe que levei o convite a sério: estou instalado em sua casa como se já estivesse na minha; e muito feliz e confortável, depois de girar dez anos pelo mundo.

— Que maravilha! — replicou Billy. — Você não tem ideia de como estou feliz em recebê-lo e, que fique claro, ficaremos em nossa casa de campo durante o Natal, o Ano Novo e também por boa parte de janeiro, então o apartamento ficaria vazio se você não o ocupasse. Minha casa está a contento, então, Rod?

— Se está a contento? Estou pra lá de confortável! Pensava que todos os apartamentos de Londres fossem apertados... Imagine minha surpresa quando entrei e percebi todo esse espaço!

— Que bom! Fico muito feliz que o apartamento seja do seu gosto! Fora isso, Jake e sua esposa cuidarão bem de você. A estadia dele aqui é conveniente para mim e para ele, que, depois de se mudar, teve a sorte de encontrar a esposa, que passou também a trabalhar para mim. Cozinha divinamente. Desde que recebi minha herança digo sempre quando galopo: "Sem Jake, toda minha propriedade hoje consistiria em sete palmos de terra sob o campo de batalha". Me ressinto muito por Jake ter perdido, por minha causa, o próprio braço.

— Entendo, Billy. Mas antes um braço que uma vida humana. Jake ganhou a Cruz Vitória, a maior condecoração por bravura. E, pelo que observei, é tão hábil com o único braço, como antigamente com os dois. Se casou e, pelo que me disse, vive feliz.

— Concordo. Devo minha vida a ele e nunca o abandonarei. — Depois, inclinando-se para o fogo e sem olhar Steele, acrescentou: — Minha mulher é da mesma opinião.

Ele notou a entonação das simples palavras pronunciadas, uma nota de vaidade que surpreendeu Rodney, e o fez observar mais atentamente seu primo. Ao reflexo de chama iluminadora, Billy parecia ainda mais moço, e Steele percebeu o rubor que subiu ao rosto do primo ao citar a mulher. Eles ainda não haviam conversado sobre o casamento.

A última vez que haviam se encontrado tinha sido nas Rochosas, no faroeste americano. Billy estava com o coração ferido por consequência do casamento de lady Ingleby com Jim Airth. Billy vertera todo o desconsolo de seu coração, e Steele fora tomado por um bruto por não poder se abrir da mesma forma — mas a sua mágoa era muito profunda para ser expressa em palavras...

No entanto, agora Billy estava casado e feliz, e corava quando falava da mulher, enquanto Steele persistia solitário, fiel à sua recordação, mesmo sendo os momentos doces muito menores do que os amargos no romance que vivera.

— Então, está realmente casado, Billy? — perguntou. — Não via a hora de contar só para ganhar os parabéns? — A pergunta fez o entusiasmo de Billy crescer.

— Não via a hora que soubesse, Rod, e, pelo que vou te contar, entenderá. A ideia não partiu de mim; foi ela quem me escolheu. Escolheu a mim, dentre tantos que pediam sua mão... e veja só... lembra-se de como fui idiota quando nos encontramos nas Rochosas? Ainda bem que mais ninguém ficou sabendo! Achei que aquilo era amor, mas agora vejo tudo com clareza!

— Não mexa com o passado, Billy. Não tenha vergonha. A mulher por quem chorou valia a pena. Seja fiel ao seu passado, tão orgulhoso dele como é do seu presente.

— Ah! Mas antes eu não conhecia o verdadeiro amor. É necessário casar-se para entendê-lo.

E voltando-se para aquele rosto sério e fechado continuou com a voz trêmula:

— É maravilhoso que a mais adorável das criaturas o escolha entre tantos pretendentes; que o ame e que deposite em você absoluta confiança, entregando-se sem restrições. De início isso dá muito orgulho e depois, um sentimento de desespero se abate, como se você não fosse digno de... de...

— De *desamarrar os cordões dos sapatos* — sugeriu Steele. — Desde quando está casado, Billy?

— Completamos ontem quatro meses, amigo. Eu a levei à Escócia logo após a cerimônia. Era lindo vê-la andando pela floresta ... vestindo um...

— Muitos detalhes, amigo! Eu não conheço nada de roupas femininas. Suponho que sua esposa seja alta e delgada e trilhava a floresta como se estivesse andando nas nuvens... Ah, que homem feliz! Será que um simples mortal pode indagar o nome da deusa?

— Valéria — respondeu Billy.

E pronunciou o nome com tanto respeito e ternura que o gracejo que estava sobre os lábios de Steele não foi articulado e a expressão astuta de seu olhar se atenuou.

Billy continuou:

— Ela era lady Valéria Beaucourt antes de se casar. Seu pai faleceu no ano passado e seu irmão o sucedeu no título. É a mais velha de quatro irmãs. Tiveram que deixar o velho castelo depois da morte do pai e se retirar com a mãe para a casa patrimonial.

— Fico feliz por você, Billy. Espero que sejam muito felizes. Lady Valéria soube escolher muito bem...

— Que nada! — disse Billy. — Eu não sou digno dela. Mas agradeço a Deus por ter conhecido nobres senhoras, como Jane Dalmain e Mira Airth, e ter continuado solteiro, à espera de Valéria. E digo mais: o que eram aqueles amores perto do que vivo hoje? É maravilhoso ter confiança e nunca ser repelido!

— Chega, Billy, você sempre foi exagerado... Não faça inveja a quem não tem nada. Que bom que encontrou no casamento a cumplicidade perfeita. No meu caso, prefiro permanecer celibatário. Não podemos todos ter a felicidade de encontrar uma lady Valéria. Tome um cigarro, Billy.

Billy riscou um fósforo; depois, com um cuidado, acendeu o cigarro. Parou de falar de maneira abrupta. Durante alguns minutos, pensativo, seguiu o voo leve da fumaça; depois, tomou coragem:

— Rodney — disse ele —, não deseja notícias de Madge?

A expressão do rosto de Steele se endureceu.

— Quando eu desejar notícias de sua irmã, pedirei. Sou um hóspede em sua casa e espero que não fale dela a não ser que eu peça.

— Rodney, amigo, há notícias sobre Madge que precisa saber.

— Eu já sei o que quer me dizer — replicou Steele. — Tenha a bondade de não falar mais nada.

Billy jogou seu cigarro e acendeu outro.

— Ah, amigo, jamais vi um homem tão fiel a seu sobrenome, que significa duro como aço. Você se blinda contra sentimentos e emoções.

— Quando sentir necessidade de simpatia ou de informações, pedirei, Billy. Não me conservei durante dez anos fora da Inglaterra para voltar a assuntos esquecidos no passado. As informações de que necessitar descubro pelo jornal. Tive o cuidado de me certificar, antes de tomar o caminho da volta, que sua irmã está ainda na Índia... Não! Não abra a boca ou vou embora! Billy, é sério. Entendeu? Agora vamos mudar de assunto. Como está sua vida? Vai tentar tomar posse do condado? A propriedade está em bom estado? Seu tio ficaria feliz em tê-lo como substituto.

Billy procurava se conformar e mudar de assunto. Mas vinha encarregado de uma missão delicada e queria muito abordá-la. Ao mesmo tempo, não sabia como fazer aquilo. Steele era hábil na conversa e mudava de assunto a todo momento.

Com vergonha, Billy buscou forças e inspiração, sem resultado. Então, sobre uma mesa vizinha, viu um exemplar de *A grande separação*.

— Oh! — exclamou. — Você já tem o volume de Max Romer. O que achou da leitura?

— Acabei de comprar o exemplar na estação Charing-Cross; o vendedor me contou que todo mundo fala dele e que este romance valia mais do que todos os meus reunidos. No livro se encontra, pelo que parece, *o amor verdadeiro*. Você leu, Billy?

— Sim, como os outros. Eu não gosto muito de romances, mas Valéria me obrigou a lê-lo; não me permitiu pular páginas e me perguntava a todo instante em que trecho eu estava. Para agradar à minha mulher, li *A grande separação* por inteiro.

— Por que sua mulher queria tanto que você lesse o livro?

— Ela queria poder conversar comigo a respeito dele.

— Coitado, Billy! E como foi a leitura? Achou chata?

— Não, preciso confessar que não. Quando passei do meio, precisava saber o que ia acontecer. A leitura havia me fisgado.

Steele sorriu.

— Seria essa uma expressão de lady Valéria, Billy?

— Sim — disse Billy ingenuamente. — Valéria ficou empolgada.

— Eu compreendo. Escute-me, Billy; todo o romance que vale a pena deveria ser lido duas vezes: a primeira pela história, a segunda para a análise. Estou cheio de trabalho e tenho pouco tempo para ler... O que acha de me narrar brevemente sobre o que é o livro? Sua mulher ficará feliz, tenho certeza. Conte para mim as suas impressões e as dela.

— Será um prazer — disse Billy. — Poderia, inclusive, passar em uma prova sobre a história do livro.

— Bom... comece, então. De onde vem o título *A grande separação*?

# V
# A grande separação

Billy levantou-se e ficou diante da lareira.

Rodney Steele, no escuro, observava-o atentamente.

— A grande separação — começou Billy — é um ponto do continente americano, formada por um arco, uma ponte rústica, sob a qual as ondas de uma corrente se dividem em dois cursos d'água; um que se dirige para o Oceano Pacífico pelos grandes rios do Oeste, e outro que corre para o Atlântico pela baía de Hudson. Sobre o arco da ponte que passa por cima da corrente, bem onde as águas se dividem, há em letras garrafais: A GRANDE SEPARAÇÃO.

— Muito interessante — respondeu Steele. — E preciso; eu mesmo já estive debaixo da arcada dessa ponte. Mas isso, amigo, é geografia, não romance.

— Você pediu a explicação do título — respondeu Billy. — Estou dando os detalhes que estão no prefácio.

— Então, lady Valéria o fez ler até mesmo o prefácio?

— Ela mesma leu para mim.

— Ótimo, ela apresentou o livro. Agora vamos à história.

— A história começa pelo noivado de dois jovens.

— Adão e Eva no paraíso; nada novo sob o sol. Suponho que a serpente surgiu no quarto capítulo.

— Claro, a serpente apareceu, mas espere um pouco. Queria que Valéria estivesse aqui para explicar melhor. É muito simples dizer que dois jovens estão noivos, mas é o amor que existe entre eles que empolga o leitor. Todos os jovens se apaixonam, todas as moças são enganadas por jovens rapazes; está aí o motivo de tanto falatório. Enquanto eu lia, imaginava Valéria no papel da protagonista; era exatamente ela, por isso eu sofria tanto com a história...

— E lady Valéria imaginou você como o apaixonado?

— Ah, não! — disse Billy modestamente. — O herói é muito inteligente, moreno, um artista. Seu nome é Valentim, o apelido é Val e, olhe só que curioso, eu às vezes chamo minha esposa de Val.

— Realmente, muita coincidência. Mas vamos lá, Billy, a história ainda não me conquistou.

— Então, eles são noivos —Billy retomou com o tom resignado —, e muito felizes. E não jogue a culpa em mim por não estar interessado. Continuando, os parentes da protagonista não gostaram da ideia de seu casamento com Valentim, porque havia outro pretendente, rico e com título nobre, que queria namorar Catarina. Eu já falei que o nome dela era Catarina? Catarina não era "maria vai com as outras". Então a família teve que aceitar sua decisão. Catarina tinha vinte anos, e Val, vinte e sete. Os dois confiavam muito um no outro e falavam de tudo, inclusive do passado; não havia segredo entre eles.

— Tão novos, mal tinham tempo para ter vivido a vida. O que podiam esconder um do outro?

— Espere que vou chegar nessa parte — continuou Billy. — Um ano antes de conhecer Catarina, Val sofreu um acidente na mata: caiu de cabeça enquanto saltava uma barreira. O resultado foi uma hemorragia cerebral. Levaram-no para uma Casa de Saúde mantida por duas irmãs, as duas mais velhas do que Val. A mais velha das irmãs, muito maternal, cuidava de tudo, e a mais nova a ajudava. Essa mais nova era uma enfermeira encantadora e inteligente. Ele ficou ao cuidado das irmãs por seis semanas, e se curou, mas acabou estendendo a estadia para finalizar o manuscrito de um livro. Quando os médicos descobriram, tiraram dele a pena e os papéis, e então ele começou a melhorar, mas ficou bem avoado nos meses seguintes, mais avoado do que reconheceu à época. Ele narrou tudo isto a Catarina e relatou o quanto as enfermeiras o haviam ajudado. Acontece que, poucos dias antes do casamento, chegou uma tarde à casa da noiva e a encontrou em uma cena violenta com a bela enfermeira, a mais nova delas. Um pacote de cartas encontrava-se sobre a mesa. Eram doces cartas de amor que Val havia escrito à enfermeira. A enfermeira havia levado as cartas para mostrar a Catarina e acabar, assim, com o casamento. Quando Val apareceu, Catarina, pálida como um fantasma, estendeu a carta que tinha na mão e perguntou se ele havia ou não escrito aquilo. Val tomou a carta e em silêncio a examinou. Depois leu-a lentamente, enquanto as duas observavam seus movimentos. Então declarou: "Sim, esta é minha letra". Triunfante, a enfermeira mostrou a Catarina outras cartas com o mesmo conteúdo, mas Catarina não quis ler, declarando que a carta que havia lido já bastava. Depois, virou-se para Val, e jogou em sua cara toda sua decepção, ordenando que partisse imediatamente e nunca mais lhe dirigisse a palavra. Val ficou arrasado; não tinha como se defender. Pegou as cartas e saiu; a enfermeira em seu encalço.

Billy fez uma pequena pausa dramática.

— No hotel onde a enfermeira era hóspede — ele prosseguiu —, Val se acomodou e começou a ler as cartas. Quando terminou, confessou à enfermeira que, por mais esquisito que aquilo pudesse parecer, não se lembrava de ter escrito aquelas cartas e que, ao mesmo tempo, não podia negar que as havia escrito. Grande parte delas escrevera ainda em tratamento, quando a bela enfermeira havia sido chamada para atender em outra Casa de Saúde. Lendo as cartas, Val compreendeu a extensão da perturbação mental que o acidente havia causado e da qual não fazia ideia. Percebeu que, em sua mente, os personagens do romance que havia tentado escrever logo após o acidente, se confundiam com ele e com a enfermeira. Val se sentiu tomado de horror lendo as cartas; não conseguia lembrar-se de tê-las escrito. Havia perdido tudo: o amor de Catarina, a confiança que ela tinha nele, parecia um pesadelo! Então a enfermeira propôs a ele que se casassem, dizendo que o amava e que não o abandonaria, mesmo que ele tivesse escrito cartas de amor a outras cinquenta moças. Então Val disse à enfermeira que o correto a fazer, já que ela disse que o amava, era tê-lo procurado primeiro, então ele explicaria sobre o estado mental em que se encontrava ao escrever as cartas. Disse que não poderia corresponder ao amor dela e atirou as cartas ao fogo! Tentou então contato com Catarina, mas ela, humilhada pela situação, devolveu sua carta sem ao menos tê-la aberto.

Parecendo emocionado com a história que contava, Billy tentou decifrar a expressão no rosto de Rodney. E continuou:

— Então Val parte para o continente africano. Tempos depois, recebe do amigo, que deveria ter sido seu padrinho de casamento, uma carta contando do iminente casamento de Catarina com o pretendente nobre e rico. Na carta, o amigo dizia que Catarina havia sido influenciada pela família, mas que não parecia nada feliz e que, tinha certeza, ela ainda amava Val. O amigo aconselhou que ele voltasse à Inglaterra antes que fosse tarde. Val então resolveu engolir o orgulho e voltar ao seu país. Bem quando toma a decisão, enquanto caminhava em direção ao pôr-do-sol (embora eu não saiba como a paisagem se tornou de sol poente nesse momento), um mensageiro se aproxima com um telegrama. Val rasga o envelope; o padrinho que mandara a carta anterior havia mandado a nova missiva: "Ignore a informação; o casamento realizou-se hoje". Val então percebe que engoliu o orgulho tarde demais... O livro termina com ele sobre uma rocha, os animais pastando a seus pés... e o sol desaparece... E fim! — concluiu Billy, sentando-se.

Steele estendeu a mão em silêncio, pegou o livro, leu dois ou três parágrafos, depois o colocou na bancada.

Pareceu não encontrar as palavras. Por fim, disse:

— E as pessoas estão realmente discutindo sobre o livro, Billy?

— Sim — respondeu ele.

— E falam sobro o quê?

— Em primeiro lugar, em como é estranho o protagonista escrever inúmeras cartas e não ter a mínima lembrança.

— Pareceu-me que a hemorragia cerebral era explicação suficiente — respondeu Steele.

— Então vem a segunda questão: como a noiva abriu mão do grande amor tão facilmente? Na opinião de Jane, trata-se de descaracterização da personagem de Catarina, já que ela foi apresentada como sendo muito nobre. Valéria concorda com a postura de Catarina, acredita que o orgulho é maior que o amor. E, quando ouço Valéria dar sua opinião, fico feliz por nunca ter sequer escrito uma carta de amor! A duquesa, por sua vez, afirma que as mulheres podem ficar cegas pelo ciúme e que a gentil e inteligente enfermeira teria sido uma boa esposa, melhor do que Catarina; e elas seguem assim, discutindo interminavelmente.

— Entendo. É uma faca de dois gumes: *A grande separação* não tem um final comum.

— O desfecho é simplesmente horrível — disse Billy. — Minhas palavras não estão à altura do abandono e da desesperança... Valéria enxerga muitos significados simbólicos na imagem dos animais aos pés do rochedo, de Valentim e do sol que desaparece no horizonte. O livro termina com o herói que parecia ter encontrado seu final feliz, sozinho, de pé sobre um rochedo, os braços cruzados, o desespero nos olhos, sozinho!

— Quem é Max Romer? — Steele perguntou subitamente.

— Ninguém sabe, mas tenho a ideia que...

Foi interrompido pelo toque do telefone; ouviram Jake atender.

— A propósito, sobre este telefone — continuou Billy. — Ele toca o tempo todo. Acabamos de trocar o número, e o novo pertencia ao Hospital Metropolitano de Pronto Socorro. A lista telefônica ainda não foi corrigida, e enquanto não ajustam essa questão, o telefone toca o tempo todo, como se estivéssemos no hospital. Jake sempre atende e explica a situação, mas o barulho constante do toque é incômodo.

— Imagine — assegurou Steele. — Vou até me divertir. Acredita que até hoje nunca havia morado em uma casa com telefone fixo? Claro que não falo dos hotéis, mas ter um telefone fixo à mão será uma novidade para mim. Por conta disso, espero poder atender algumas ligações no lugar de Jake.

— Logo você se cansa — assegurou Billy. — E, aliás, quando se cansar de ficar sozinho, Rod, venha passar as festas de Natal conosco; minha mulher deseja conhecê-lo. Vai ser um festão. A duquesa espera um bando de amigos em Overdane. Todos ficarão felizes em vê-lo, garanto. Vamos, Rod, faça esse grande favor a um amigo.

— Obrigado, Billy, obrigado. Vou pensar com carinho... Ainda me considero um ermitão. Após dez anos é bastante difícil socializar... Mas, não pense que isso seja ingratidão!

Billy olhou o relógio.

— Caramba! — gritou. — Sete horas! Prometi à minha mulher que chegaria para jantar às oito e meia! Vou ter que correr. Tchau, amigo! Fique à vontade; tudo o que tem aqui, é seu... Só se lembre de me avisar sobre o Natal... Anote aqui meu telefone... Quando eu chamar, pode me atender... Não, Jake, não vou pelo elevador. Boa noite.

E Billy desceu a escada com pressa.

# VI
# Do outro lado da parede

No hall, Billy encontrou seu chofer conversando animadamente com o porteiro. Quando o motorista o viu, apressou-se em abrir a porta, mas Billy deteve-o.

— Não vou embora ainda, Loder — disse. — Volto em meia hora, então teremos que nos apressar. Pode me esperar dentro do carro.

Billy andou pela rua como se estivesse em um filme de suspense. Fez que ia para um lado, foi para outro e subiu novamente as escadas, indo em direção ao apartamento ao lado do seu. Pegou o elevador e, quando saía, um homem esperava para descer.

— Olá, Billy — ele disse.

Billy reconheceu Ronald Ingram.

— Olá — respondeu. — Por acaso estava fazendo uma visita à minha irmã?

— Tentei, em vão. Lady Hilary não está aceitando visitas.

Billy riu:

— É porque está me esperando; eu sou o motivo de ela estar ocupada.

— Entendi! — respondeu Ronald Ingram logo que o elevador sumiu.

Billy tocou a campainha da porta da direita.

— A senhora está no salão — disse a criada que abriu a porta.

Billy fez uma pausa, passou as mãos pelos cabelos muito lisos e respirou profundamente. Então entrou.

Uma claridade muito suave emanava das lâmpadas. Um biombo indiano, colocado diante da porta, tirava a visão de grande parte da sala. Billy fez a volta e, por conta do tapete espesso, não era possível ouvir seus passos.

Uma mulher bonita, usando um elegante hobby preto, estava sentada numa cadeira baixa em frente à lareira.

— Olá, Madge! — chamou Billy.

A mulher se virou, levantou e caminhou ao seu encontro:

— Oh! Billy! — murmurou ela. — Ele voltou!

— Sim, irmã — respondeu Billy em um tom melodramático. — Fiquei uma hora com ele, do outro lado dessa parede. Ele está ali, neste momento... sentado a dois metros da sua poltrona. Só que pensa que você está nas Índias!

— Billy — continuou lady Hilary, seguindo sua linha de pensamento. — Eu o vi chegar de táxi. Telefonei à Charing--Cross para saber a que horas exatamente era esperado o trem da barca. Apaguei todas as luzes, sentei-me perto da janela e o observei entre as cortinas. E ainda havia o nevoeiro para me esconder. Se bem que, mesmo em meio às brumas, consegui ver muito bem o que se passava embaixo. Dois táxis chegaram no mesmo instante e dois homens desceram. Eu logo reconheci Rodney! O outro homem deve ter feito sinal a uma janela de cima, porque os dois levantaram a cabeça simultaneamente e, durante um segundo, o olhar de Rodney se voltou para a minha janela... Ah! Billy, eu não o via há dez anos, e a única coisa que queria era dar boas-vindas com todo meu amor!

Ela então abriu os braços, como se quisesse abraçar alguém.

— Minha vontade era descer para recebê-lo, amando-o, desejando-o, e ele sem saber nada! Não acha, Billy, que ele devia saber?

Billy se sentou e puxou com cuidado as calças sobre os joelhos.

— Na verdade, Madge — disse —, compreendo-o inteiramente. Disse-me que, antes de voltar à Inglaterra, se certificou de que você estava na Índia! Pare um pouco de andar, Madge, parece um moinho com os braços rodando. Com você nervosa assim não consigo expor toda a situação com Rodney... Sente-se que vou tentar explicar.

Finalmente, lady Hilary deixou-se cair em uma poltrona.

— Billy, ele precisa saber como tudo aconteceu. Lembra-se dos longos meses em que esperei a volta de Rodney? E até agora não tenho ideia do que ele sente por mim. Ele sabe sobre o que aconteceu comigo?

— Sim, ele sabe que você está viúva. Me disse que se informou de tudo a seu respeito.

— Falou isso com todas as letras?

— Não foi preciso; disse que leu nos jornais.

— Tem certeza, Billy? Ano passado, Rodney estava na Austrália, e a morte de Geraldo tem sido mantida em segredo para evitar uma investigação, porque ele sucumbiu, como todos sabem, por uma dose muito alta de hidrato de cloral. Não fosse a posição dele, toda a triste história dos últimos anos teria sido atirada aos abutres e todo o desespero que vivi ao lado dele seriam revelados.

— Eu sinto tanto, irmã. Sei que foram momentos difíceis. Não sei como ainda é capaz de sorrir e, além de tudo, continuar tão linda. Juro para você que está hoje ainda mais bonita do que era há dez anos.

Lady Hilary sorriu, corando. Um elogio vindo de um irmão é sempre mais sincero.

A beleza e o encanto de lady Hilary haviam sido muitas vezes louvados e celebrados em verso e prosa, sem contar os elogios dos apaixonados. Mas a frase de Billy, "Está hoje ainda mais bonita do que era há dez anos", a deixou mais feliz do que qualquer outro elogio.

— Obrigada, Billy. Para falar a verdade, sinto como se tivesse um talismã, que me protegeu todos estes anos, mas não vou te contar o que é e como ele agiu. Agora, narre com precisão o que você e Rodney conversaram. Quero saber tudo nos mínimos detalhes. Quanto ao irmão do Geraldo ter sucedido à sua posição e título, eu sempre me confundo. Quando saem nos jornais notícias a respeito de lorde e lady Hilary, parece que ainda falam de mim e de Geraldo, quando na verdade estão dando notícias de meu cunhado e cunhada. Hoje mesmo vi no jornal que tiveram um filho em Simla, o que me deixa muito feliz. Eles só tinham meninas até agora.

— Vou te contar tudo então nos mínimos detalhes — disse Billy. — Logo que cheguei, perguntei a Rodney se não desejava saber de você. Respondeu que, se quisesse, me avisaria. Insisti que tinha uma notícia sobre você que ele precisava saber. Então ele me disse que sabia de tudo pelos jornais, e então foi contundente ao garantir que, se eu voltasse a tocar no assunto, iria embora do apartamento. Depois contou que, antes de voltar à Inglaterra, fez questão de se assegurar de que você permanecia na Índia! Como diria a ele que há seis meses você mora no apartamento vizinho ao qual ele está? Impossível, não pude fazer nada!

— Então me diga, Billy, como ele está?

Confuso, Billy, passou a mão pelos cabelos louros e respondeu:

— Não sou bom com descrições, Madge, você bem sabe. Vamos lá. Continua alto e está muito magro; seus cabelos ainda são negros e cacheados, como antigamente, porém mais curtos e com alguns fios brancos nas têmporas. Seus olhos são sombrios e perspicazes e, como acontecia no passado, parecem nos penetrar quando falamos algo, meditando sobre as informações.

— Pareceu-me bronzeado.

— Sim, está bem bronzeado; e barbeia-se diariamente, é possível perceber pela pele do queixo. Além disso, está sempre de bom humor e seus olhos e sua boca se abrandam muito quando sorri.

Lady Hilary sorriu, encantada.

— É preciso muito para me assustar, Billy — disse ela. — A força em um homem me atemoriza menos que a fraqueza. E, mesmo que me assustasse, melhor por força de caráter, não acha?

— Madge, você nunca me disse o que aconteceu entre você e Rodney para que se separassem.

— Não; nunca disse a ninguém. Se tivesse dez anos a mais, alguma experiência da vida, as coisas teriam sido diferentes... Aos dezenove anos era muito inexperiente; não entendia o verdadeiro amor, o amor paciente, o amor que espera e perdoa. Um ano depois, Billy, eu envelheci dez! Agora eu compreendo e sei quanto amava Rodney.

— Querida, mas não acha isso injusto com Geraldo?

— Geraldo teve o que queria durante os anos seguintes e tem que agradecer a paciência e controle que adquiri, graças aos quais me conservei a seu lado.

— Em todo o caso, não creio que Steele tenha essa característica; ele não mostra paciência e controle no rosto. Não sei por quê, mas me passa a imagem de um homem solitário, de pé sobre um rochedo, os braços cruzados, os animais abaixo, sob a luz do sol que se põe.

— Pai amado, do que está falando, Billy?

— De Valentim, do romance *A grande separação*. Você leu, Madge?

— Não, não li nenhum livro a não ser os de Rodney.

— Valéria não gosta muito dos livros dele — replicou Billy. — Ontem, na banca da Charing-Cross, disseram a Rodney que *A grande separação* valia por todos os seus romances reunidos. Mesmo sem conhecer todos seus escritos. Quando Rod me repetiu estas palavras, eu não soube o que responder, porque Valéria falou exatamente isso hoje de manhã.

Lady Hilary ficou vermelha de cólera.

— Caramba! Billy, por que não disse nada? Valéria não é crítica literária. Toda a beleza das descrições, os cenários, devem escapar às suas observações. Mas que dó, receber bem no retorno à Inglaterra uma crítica tão sem pé nem cabeça!

— Madge, mas Rod nem se abalou. Me contou tudo em meio a risos.

— A gente ri de vez em quando para esconder a tristeza. Queria ver alguém falar isso na minha frente! E do que fala esse romance *A grande separação*?

— Uma história de amor, e um amor verdadeiro. Você sabe que Rodney não pode escrever uma verdadeira história de amor.

— Billy, ele nunca se deu a esse trabalho; escreve sobre o amor como um homem sem ilusões.

— Então te digo que ele encontrará o amor e suas ilusões em *A grande separação*.

— E ele vai ler?

— Sim; comprou o livro na banca da estação para poder julgar a história que "vale mais que todos seus livros juntos". Rod pediu que eu contasse toda a trama, e eu me empenhei para descrever tudo com riqueza de detalhes. Valéria ficaria encantada de ouvir; foi ela quem me obrigou a ler *A grande separação*.

— Quem é o autor?

— Max Romer.

— Quem é Max Romer?

— Ninguém sabe. Pode ser um... como se chama aquilo?

— Um pseudônimo.

— Precisamente. Algumas pessoas dizem que Max Romer é uma mulher.

— Pode ser que um marido e uma mulher tenham escrito juntos!

— Não acho, Madge, e vou te contar um segredo!... Acho que Valéria é a autora de *A grande separação*!

— Mas, Billy, de onde tirou essa ideia absurda?

— São muitos fatos: em primeiro lugar, ela tem um interesse extraordinário pelo romance, faz com que todos leiam e não se cansa de dizer que é o melhor livro que já leu. São pequenas coisas que, juntas, me levam a crer que ela é a autora do livro.

Os olhos de lady Hilary brilhavam.

— Mas, Billy — disse ela —, vou te contar um segredo ainda maior que o seu. Eu creio que você e Valéria escreveram o romance juntos!

— Não, eu juro — Billy assegurou seriamente. — Se Valéria o escreveu, foi sozinha.

— Mas, Billy, você é bem capaz de escrever um romance sem ninguém saber.

— Nunca seria capaz, mas te digo que é exatamente do que *Valéria* é capaz.

— Bem, se Rodney, do outro lado da parede, está disposto a ler, também lerei do lado de cá. Amanhã vou comprar um exemplar. E depois, Billy, o que vai acontecer?

— Só Deus sabe — respondeu Billy. — Só não esqueça que ele acha que você está na Índia.

— Serei cuidadosa. Vou observá-lo durante alguns dias e esperar. Então, talvez, escreva para ele avisando que estou aqui e pedindo que venha me ver. Mas serei paciente. Não quero correr o risco de cometer um erro. Sabe o que ele vai fazer durante a estadia?

— Disse que tem muito trabalho e está feliz com o apartamento, por ser tão tranquilo, a não ser pelo telefone...

— E o que tem o telefone?

— Trocaram nosso número e no lugar colocaram o telefone que antes era do Hospital Metropolitano de Pronto Socorro. Ainda não foi corrigido na lista telefônica, então sempre ligam para nós perguntando pela enfermeira-chefe ou pelo Dr. Brown. Jake sempre explica o mal-entendido, mas mesmo assim o telefone não para de tocar. A coisa pareceu divertir Rodney, e ele me assegurou que terá prazer em atender o telefone. Me contou que ter uma linha em casa é um divertimento para ele. Atenderá quantas vezes forem necessárias! Madge, preciso ir embora; não gosto de deixar Valéria sozinha! Ela me deu uma notícia maravilhosa, mal consigo acreditar. Não posso contar, pois prometi segredo. Mas, Madge, estou que não caibo em mim de tanta felicidade! Será que estou sendo cuidadoso suficiente? Tenho medo quando a vejo subindo a escada.

Os olhos de lady Hilary eram pura simpatia, mas havia uma ponta de desassossego olhando o rosto juvenil de Billy. Será que nunca amadureceria? O que teria que acontecer para que seu irmão perdesse a ingenuidade? Lady Hilary se levantou e pousou a mão sobre o ombro do irmão.

— Meu Billy — disse ela —, não me conte nada; mas tenho certeza de que não precisa se preocupar com Valéria na escada. O exercício não pode, em qualquer circunstância, ser prejudicial. Se tenho um conselho a dar, Billy, é não ficar tão ansioso.

— Mas você não tem experiência nesse assunto, Madge — disse Billy muito sério.

— Eu sei, irmão, mas quero vê-lo feliz e às vezes fico preocupada com sua ansiedade. Mas não se detenha por mim. O que quero de você é que me passe qualquer novidade sobre Rodney. Será muito mais fácil esperar agora que temos apenas uma parede entre nós. Ah! Como gostaria de poder ver através desta parede para saber o que ele está fazendo.

E o que Rodney estaria fazendo?

Após a partida de Billy, Steele voltou à biblioteca e permaneceu imóvel, afundado na grande poltrona, por longo tempo mergulhado em suas reflexões. Por fim, pegou *A grande separação* e leu alguns parágrafos. Depois começou a rir e, jogando o livro no chão, tirou do bolso um grande envelope com seu nome, que estava no apartamento, quando chegou. No envelope se lia:

AOS CUIDADOS DE MAX ROMER

Abrindo o envelope, retirou recortes de jornais.

Sentou-se novamente à poltrona com o abajur ao lado, pegou seu cachimbo e, enchendo-o de novo e o acendendo, disse em voz alta:

— Vejamos agora o que os críticos dizem de *A grande separação*. Será que se compararão com a emoção da história contada por meu amigo Billy?

# VII
# Para Max Romer

No dia seguinte, à tarde, Rodney Steele sentou-se para trabalhar no hall, que achava mais aconchegante do que a biblioteca.

O local tinha um sentimento de paz e passava a impressão de estar isolado do resto do mundo; era como a caverna de um ermitão, mas provida de muito luxo.

Uma lâmpada estava colocada sobre a mesa.

Não se podia desejar uma atmosfera mais favorável para leitura, porque, fora um único problema, o isolamento era total; e esse problema foi a causa principal de Steele ter abandonado a biblioteca. Atrás da mesa onde estava, ficava o aparelho telefônico e, quando o toque começava a soar, em dois passos alcançava o aparelho.

Em vinte e quatro horas atendendo as chamadas, Rodney Steele estava começando a se cansar, como previra Billy.

Em pé, ele se divertia conversando com as pessoas que, umas pouco agitadas, outras mais, insistiam em falar com o hospital e ficavam bravas quando eram informadas que ele não poderiam passar a ligação nem ao doutor Brown, nem à enfermeira-chefe. Mas a graça desse divertimento durou pouco e Steele passou a entender por que Jake xingava tanto o telefone. Naquela noite, Jake havia pedido permissão para sair por uma hora ou duas com sua mulher, depois de servido o jantar, e por isso toda a responsabilidade do telefone ficou com Steele.

Em dado momento, quando estava absorto em suas correções do manuscrito, a campainha do telefone tocou estridente.

Steele saltou para o telefone:

— Alô! — disse uma voz masculina. — Posso falar com o Dr. Brown?

E o enervante pequeno diálogo continuou; mas Steele o interrompeu rapidamente e voltou ao manuscrito. Tinha voltado ao ritmo, quando o telefone tocou de novo. A mesma pessoa que desejava falar com o Dr. Brown. Irritado, Steele pediu à Central Telefônica que bloqueasse aquele número e avisou que não atenderia mais.

Após o ocorrido, o silêncio se fez profundo durante cerca de meia hora, e Steele pôde trabalhar.

Depois, parecendo que tudo começava a acontecer de uma só vez, com uma batida do carteiro na porta o mundo exterior uma vez mais se impôs a Steele em seu retiro. Ele foi então ver o que estava acontecendo.

A caixa de cartas, gradeada, tinha várias mensagens para Billy e uma carta para ele próprio. O envelope delicadamente pintado recendia tão forte a violeta que a fragrância surpreendeu Steele antes mesmo que tocasse a carta. A letra cursiva parecia feminina...

Que mulher no mundo sabia da sua presença no Regent House, número 49? Sentou-se na poltrona, abriu o envelope e dali retirou uma folha coberta de letras miúdas. Um golpe de vista à assinatura explicou-lhe o mistério.

Naturalmente! Que outra pessoa escreveria se não a senhora Valéria, a mulher de Billy?

Nada mais natural... Mas, que perfume, e que floreios!

*Caro Sr. Steele*

*Fiquei satisfeita de saber por Billy da sua boa chegada. Espero que encontre tudo em ordem no apartamento. Não tenho grande confiança na competência dos Jake, mas Billy faz questão de empregá-los. Pessoalmente, eu preferia um homem que tivesse todos os seus membros e uma pequena experiência como gerente de hotel. Espero que não se incomode diante das possíveis faltas.*

*Escrevo-lhe hoje para insistir no convite de Billy, de vir passar aqui as festas de Natal.*

*É seu primeiro Natal na Inglaterra, após tantos anos, então não deve ficar sozinho. Estou infinitamente desejosa de conhecê-lo e de lhe exprimir todo o prazer que encontrei na leitura dos seus encantadores romances. Espero que tenhamos logo um novo. Comecei também a escrever, de maneira que o senhor compreenderá o interesse que tomo em discutir as questões de estilo e técnica.*

Steele começou a rir e, inclinando-se para a frente, acendeu o fogo.

Depois, retomou a leitura:

*Quero falar agora em segredo. Ia escrever em nome de Max Romer, mas talvez seja isto divulgar a metade do que sei! Então direi simplesmente: estou desejosa de lhe comunicar algumas explicações a respeito de A grande separação. Billy chegou ontem à noite muito entusiasmado por lhe haver narrado o romance. Caro senhor, tenho necessidade de acrescentar que Billy é totalmente incapaz de compreender um livro como A grande separação, quem dirá julgá-lo. A grande separação é o livro do ano; é um estudo magistral do amor, da dor e do abandono. Os estragos causados pelo orgulho ali são demonstrados com maestria. Eu receio que a fala pobre do meu Billy acabe tornando o livro desinteressante para o senhor, e isto, por motivos que não posso ainda explicar, me será uma decepção. Desejo sua opinião sobre a obra de Max Romer. Quero saber o que pensa, o senhor que é autor de tantos livros maravilhosos. Sua opinião terá para mim grande importância.*

*Cordialmente, sua*

*Valeria Cathcart.*

— Caramba! — disse Rodney, deixando a carta de lado e tomado de cólera. Então se compadeceu. — Pobre Billy! — suspirou.

E, sem esperar duas vezes, sentou-se a sua mesa e, empurrando para o lado o manuscrito, tomou uma folha de papel de carta.

Escreveu rapidamente, sem pausa nem hesitação.

*Cara Senhora Valéria,*

*Obrigado por vir tão amavelmente insistir no convite de Billy. Ainda não tenho planos, mas Billy foi muito gentil ontem, dizendo-me que o convite estaria aberto até que eu tomasse a decisão.*

*Estou muito confortavelmente instalado aqui. Em minha opinião, o apartamento de Billy contém tudo o que um homem pode desejar e, para um viajante acostumado às piores estalagens, parece o cúmulo do luxo. Jake é meu velho camarada e tive muito prazer ao encontrá-lo aqui. Além disto, fui testemunha do ato de bravura magnífico, que salvou a vida de Billy e custou o braço a Jake; ele tem toda a minha gratidão mesmo me sentindo mal por sua perda, mas esta disposição da minha parte torna-se inútil, dada a extrema habilidade com que Jake se serve de sua única mão.*

*Quanto ao interessante assunto de A grande separação, Max Romer é um felizardo por contar com a cooperação de uma admiradora tão entusiasta.*

*Terei prazer em conversar a respeito de A grande separação em nosso primeiro encontro. Parece-me a obra de um homem que sofreu grande desilusão.*

*Agradeço imensamente por falar tão bem de minhas obras.*
*Muito grato,*

*Rodney Steele.*

Rodney fechou a carta com um gesto vigoroso e pôs o selo da mesma maneira.

— Aí está, minha lady Valéria — disse ele. — Mais caldo para sua sopa. Me obrigo a ficar calado diante da ladainha de lady Valéria. Não pude dizer mais sem me expor, o que não faria, nem mesmo por Billy... Ela escreveu elogios a Max Romer! Bem... Para lady Valéria não falta topete!

Ele saiu para o hall do prédio e chamou o elevador.

— Ponha esta carta imediatamente no correio — disse ao porteiro, que atendeu ao chamado.

Depois, entrou e fechou a porta atrás de si.

Ergueu a carta de lady Valéria, observou-a e colocou-a em uma pasta, depois a tirou do local.

— Que perfume enjoado!

E, em meio a um riso, atirou a carta ao fogo.

— Este é o lugar que a carta merece — disse Rodney Steele, quando o papel foi lambido pelas chamas e em um instante reduzido a um monte de cinza.

Um relógio badalou dez horas; então Rodney retomou seu lugar à mesa de trabalho.

No mesmo instante, o telefone soou, estridente. Steele deixou cair a caneta com uma exclamação enervada e, dirigindo-se ao telefone, pegou o gancho.

# VIII
# A voz do outro lado

— Alô! — Steele respondeu secamente.

Dessa vez quem estava do outro lado da linha era uma mulher.

— Posso falar com a enfermeira-chefe?

— Aqui não é do pronto socorro. A senhora ligou errado.

— Ah! Peço perdão. É o número que está na lista telefônica. Desculpe incomodar.

Steele se acalmou. Ao menos a mulher era educada, uma grande mudança dos tipos que estavam ligando.

— Incômodo nenhum! — replicou ele. — Posso passar o número que deseja ligar. Basta pedir à telefonista "4923 Central".

— Agradeço muito. Mais uma vez, me desculpe pelo incômodo. Boa noite!

— Boa noite —Steele respondeu e voltou o fone ao gancho.

O silêncio o envolveu novamente, dando a impressão de que ele estava afastado do mundo exterior. Tentou se concentrar no trabalho, mas seguia ouvindo uma voz que dizia: "Mais uma vez, me desculpe pelo incômodo. Boa noite!".

Era uma voz doce, carinhosa, que lembrava o passado... "Mais uma vez, me desculpe pelo incômodo. Boa noite!"

O relógio seguia seu tique-taque.

Rodney Steele guardou a pena e seus escritos, acendeu o cachimbo e se atirou na grande poltrona, em frente ao fogo.

Depois, voltou a pensar no telefone.

Que grande invenção! Estava lá, em uma solidão completa, absorto pelo trabalho. Então ouvira a voz de uma mulher se desculpando por ter interrompido sua paz e desejando boa noite?

O eco dessas palavras ainda zunia no seu ouvido, em meio ao silêncio profundo do apartamento.

*"Mais uma vez, me desculpe pelo incômodo. Boa noite!"*

Como ela sabia que havia interrompido algo? Então compreendeu ao lembrar da forma como atendera a ligação.

Tentou então recordar toda a conversa. Seu tom, em suas lembranças, ressoava ainda mais brusco frente à doçura da voz feminina. Felizmente, tinha memória de haver dito: "Incômodo nenhum!". Tinha certeza de que havia respondido de forma cortês. Depois, disseram boa noite, ele e a mulher de voz doce e bondosa. E jamais a veria e nunca mais a ouviria falar.

Essa voz que tinha escutado por um acaso, se desculpando pelo incômodo e então desejando boa noite.

Ele era verdadeiramente um imbecil sentimental, sonhando com o menor indício de carinho. Mas por que esse episódio insignificante evocava os ecos de um passado extinto?

*"Boa noite... Boa noite."*

*E, na escuridão, Madge levantava o rosto para ele...*

*"Boa noite, meu noivo..."*

*"Boa noite, meu amor, minha querida."*

Ele respirava o perfume da rosa silvestre no velho jardim da casa.

"Boa noite, minha querida."

Não, sua não... De outro! De outro!

Não deveria perder tempo com lembranças. Decidira esquecê-la quando o trocara por outro.

Por que essa voz trazia as imagens de volta e despertara a visão do passado?

Resolutamente, Rodney voltou a atenção para o presente, continuando a pensar sobre o telefone. *Que invenção maravilhosa essa que propicia que mesmo pessoas a enormes distâncias pareçam estar tão próximas!* A voz doce parecia tão perto... "Mais uma vez, me desculpe pelo incômodo. Boa noite!"

Muitos anos haviam decorrido sem que uma mulher houvesse dado a ele um boa noite tão doce.

Que imbecil era ele por ter encerrado a ligação! Talvez pudessem ter falado sobre outras coisas.

Rodney então quis muito ouvir a voz novamente. Depois, percebeu que era um desejo bobo. Nunca descobriria quem era a dona da voz tão doce. Não tinha como entrar em contato novamente com ela. Não tinha como! Ela, certamente, não tinha motivo para ligar de novo e ele não podia descobrir o número de seu telefone. Não podia descobrir quem era, tal como não podia conhecer as mais de 4 milhões de vozes que viviam naquela grande cidade.

Há apenas meia hora a voz doce que ele não conhecia estava com o fone na mão. E então, Rodney estourou de rir.

— Ah! Que imbecil sentimental! — disse ele. — Vá dormir! Fique ao menos feliz com o boa noite que recebeu pelo telefone. Vá dormir, idiota, ou terá que chamar a enfermeira--chefe ou o Dr. Brown para te atender!

Levantou-se e, com passo incerto, caminhou para a porta que comunicava com a copa. Quando a abria, ouviu a voz de Jake e sua mulher, conversando tranquilamente na cozinha.

— Boa noite, Jake — falou. — Podem se recolher; não precisarei de mais nada esta noite. Vou me deitar.

— Sim, senhor — disse Jake, aparecendo na soleira da porta.

Rodney seguiu o corredor que levava ao seu quarto, assobiando alegremente e, enquanto assobiava, julgava respirar o perfume das roseiras silvestres do jardim no qual caminhava quando era mais jovem. O perfume ainda o acompanhava quando apagou a luz.

No escuro, ouvia a doce voz:

"...Mais uma vez, me desculpe pelo incômodo... Boa noite!..." A madressilva roçou seu rosto, a roseira estava muito próxima... Via as pequenas pétalas, como pequenas figuras pálidas, destacando-se na noite... Silêncio! Era a voz de Madge, não apenas doce, mas apaixonadamente terna. Seu rosto pálido e encantador no perfumado ambiente, levantava-se para o seu... "Boa noite, minha noiva...", "Boa noite, meu amor, minha querida..."

Depois, Rodney adormeceu.

E, entre os dois, havia apenas a parede. Madge, sentada, mexia os braços em agitação.

Ela ouvira a voz, áspera a princípio, depois abrandando. Ouvira seu "boa noite". Após tantos dolorosos anos, após a longa solidão, após os intermináveis dias de tristeza, Rodney e ela haviam trocado um "boa noite!"

Ele estava tão perto e tão só...

— Boa noite, meu amor, boa noite!

# IX
# Nem só de riqueza vive o homem

Naquela noite, após o jantar, Steele sentou-se no hall e, quando Jake passou diante dele, chamou-o e disse:

— Não preciso de nada, Jake. Está dispensado. Se o telefone tocar, não se incomode. Eu atendo.

— Sim, senhor — respondeu Jake.

Enquanto falava com Jake, Rodney compreendeu o que o levara a andar quinze quilômetros naquele dia: sua intenção era parar de pensar na doce voz, que parecia ouvir a todo momento. Como a maior parte dos homens, Steele não se deixava levar pelas sensações que não reconhecia. Mas não era verdade que tinha acabado de arrumar um jeito de atender ao telefone, na esperança de a ligação se repetir? Percebendo a vã esperança, Steele não queria admitir que uma simples conversa o tivesse marcado tanto. Depois da conversa, parecia tomado por algo maior, que não lhe dava um momento de trégua. Será que essa força vinha da misteriosa mulher? Não conseguia trabalhar. Só olhava ao longe. Sentado, o cachimbo na boca, queimando. O silêncio era absoluto.

A lembrança de Madge tomava, cada vez mais, posse de seu espírito. Por que na noite anterior voltara a chamá-la pelo nome? Não a chamava pelo nome havia anos, a tratando apenas como "Lady Hilary"?

Será que, lá em Simla, Madge leria *A grande separação*? O livro estava em todas as livrarias; durante seu retorno, tinha-o visto em todos os lugares. Será que Madge o teria lido? Reconheceria ela, sob o véu da moralidade, a tragédia que havia marcado a vida de ambos?

Então o telefone tocou. De um salto, Steele pôs-se de pé diante do aparelho.

— Alô, alô!

— É do Pronto Socorro? — perguntou uma voz masculina.

— Sim! — respondeu Steele.

— Poderia falar com o Dr. Brown?

— Não! — retorquiu Steele, desconectando a ligação.

Começou a rir e mandou para o inferno a companhia telefônica que não se achava responsável por avisar os usuários da mudança ocorrida nos números dos telefones.

Voltou a se sentar, enraivecido, e entregou-se à melancolia. Alguns minutos depois, ouviu um barulho à porta. Levantou-se e foi pegar a entrega do correio: diversos artigos sobre *A grande separação* e um grande cheque de seu editor. A confirmação material do seu sucesso não o afetava. Ele não tinha ninguém com quem compartilhar suas conquistas. Então pensou que, após a nova entrada de dinheiro, sua conta no banco iria aumentar bastante, e ele precisava investir. Lembrou-se de uma frase: "Acumula riquezas, todavia não sabe quem, de fato, delas usufruirá!"

Qual seria o autor dessa sentença, que se aplicava tão perfeitamente ao seu caso? Shakespeare, talvez? Recapitulou mentalmente as diversas peças do autor às quais essas palavras podiam estar ligadas... Shylock, de *O mercador de Veneza*?... Não, ele tinha uma filha: "Minha filha... oh! Meus ducados!... Oh minha filha! Saiu com um cristão! Justiça! A lei! Meus ducados e minha filha!"

"Acumula riquezas...". Então essas palavras se associaram em sua memória ao enterro de sua mãe, que morrera há muitos anos. Essas palavras, que haviam sido ditas durante a cerimônia, não se aplicavam de modo algum à sua pobre mãe, que não era rica. Entrou na biblioteca em busca de uma bíblia entre os livros de Billy. Em vão.

Voltou à escrivaninha e colocou o cheque em sua maleta... "Acumula riquezas, todavia não sabe quem, de fato, delas usufruirá". Precisava lembrar onde ouvira a frase.

Tocou a campainha:

— Jake, pode me arranjar uma bíblia?

Surpreso com o pedido, Jake disfarçou seu sentimento.

— Vou procurar — respondeu ele sem convicção.

Alguns instantes depois, voltou com ar sereno: tinha nas mãos um livro pequeno, mas relativamente espesso, de capa marrom.

— Senhor — disse ele —, aqui está. Minha esposa ficou muito feliz por poder ajudá-lo.

Steele pegou o livro e abriu-o logo que a porta se fechou. Viu que a bíblia fora um presente a "Sarah Memms", quarenta anos antes. Desde então, a pequena bíblia tinha evidentemente sido bastante manipulada, o que explicava a grossura anormal do volume: fitas bordadas de piedosas inscrições, flores secas, uma fotografia de Jake de uniforme, o certificado de casamento e diversas outras lembranças estavam intercaladas entre as páginas.

Steele começou por percorrer o *Livro de Provérbios*, mas não encontrou a passagem em questão; continuou a leitura pelo "Sermão da montanha", onde descobriu uma alusão aos tesouros terrestres, mas nada das palavras que procurava. Após ler mais um pouco, teve a ideia de recorrer à esposa de Jake, mas só de pensar em contar toda a história o demoveu da ideia.

A solução, a mais simples, seria evidentemente consultar uma Concordância. Saiu no patamar e chamou o porteiro, que subiu logo pelo elevador.

— Maloney, o senhor parece que sabe das coisas. Será que pode me informar onde encontro uma Concordância?

— Senhor... uma Concordância? O que é isso?

— É um livro que os padres usam para escrever seus sermões.

— Vejamos... Nesse caso... podemos talvez obter informações com a viúva de um bispo que mora no primeiro andar.

— Perfeito! Tome aqui o meu cartão. Vá até a casa da viúva do bispo, mostre meu cartão, e pergunte se ela pode me emprestar a Concordância.

Cinco minutos depois, Maloney estava de volta, segurando um exemplar encadernado de *Concordância analítica para a bíblia*, de Robert Young.

— A senhora Bellamy disse que pode usar à vontade e lhe mandou lembranças.

— Obrigado, Maloney. Sabia que me ajudaria, e que esperto logo lembrar-se da viúva de um bispo! Aguarde um momento que vou consultá-la e então pode levar de volta.

Steele abriu o livro, folheou-o, parou à página onde estava inscrita a palavra "riquezas", depois deslizou o dedo de alto a baixo, ao longo da coluna de referências... encontrou: "acúmulo de riquezas".

Fechou o livro e deu ao porteiro.

— Aqui está, Maloney. Agradeça em meu nome a Senhora Bellamy e diga que encontrei logo a informação de que tinha necessidade.

Steele fechou a porta do apartamento logo que Maloney e a Concordância desapareceram no elevador. Instalou-se confortavelmente na sua poltrona e abriu a bíblia da mulher de Jake.

Toda aquela ação tinha dado a distração de que precisava.

# X
# Ela vai ligar...

Depois de ajustar a luz, Steele abriu a bíblia da mulher de Jake, procurou o trigésimo nono salmo, e encontrou as palavras que não saíam de sua mente. Leu o sexto versículo:

"Como uma sombra fugaz passa o ser humano pela vida, e fútil é sua luta fatigante; acumula riquezas, todavia não sabe quem, de fato, delas usufruirá."

Steele, tendo terminado sua pesquisa, ia fechando o livro, mas ainda leu o versículo seguinte:

"E agora, SENHOR, que haverei de esperar? Toda a minha confiança está depositada em ti."

A questão se impôs em seu espírito.

*O que haverei de esperar?*

*E agora... o que haverei de esperar?*

Tinha plena consciência de haver chegado a uma curva de sua vida — daquela vida sem rumo, de agora, ou a de antes, que a sorte tirara — onde não podia continuar. Regressara à pátria, mas não havia boas-vindas, nem um lar; ninguém tinha necessidade dele, nenhuma afeição para consolar sua solidão.

— E agora... o que haverei de esperar?

A pergunta estava ali, mas e a resposta? Ele se bastara, e não nutria nenhuma esperança de socorro moral a não ser de suas ações. Entretanto, tinha o sentimento claro de estar em uma encruzilhada.

— E agora... o que haverei de esperar?

Então, ao longe, ouviu uma música doce.

Alguém no apartamento contíguo tocava a “Reverie” de Schumann. Rodney escutou a lenta e enternecedora melodia... e, todo ouvidos, sentiu-se invadido por uma mágoa desesperadora. Madge — antigamente — tocava a “Reverie”; e então a melodia familiar, com suas alternativas de alegria, de dor e de desilusões, respondia àquela pergunta.

— E agora, o que haverei de esperar?

Era o amor que ele esperava! Desejava companheirismo, alguém com quem pudesse repartir a alegria do sucesso e que soubesse também compartilhar dos pesares dos mal-entendidos e dos esforços infundados. Mas perdera Madge e, por causa disso, não tinha esperanças de desfrutar do amor e companheirismo.

Madge o rejeitara e se casara com outro.

Esperava que ela lesse *A grande separação* e que, mesmo que não reconhecesse o autor, seus olhos se abrissem e ela medisse a profundidade do abismo de solidão e de desespero no qual ele fora jogado após o término.

O lamento da “Reverie” continuava a se elevar em uma aspiração apaixonada.

— E agora... o que haverei de esperar?

O relógio marcava dez horas. Ao mesmo tempo, voltou à memória de Rodney a voz doce que chamara na véspera.

— Ela vai ligar de novo — disse ele em alta voz. — Não me importa que eu não saiba seu nome ou endereço! Rendo-me ao telefone. Em algum lugar, em comunicação telefônica comigo, a mulher de voz doce está sentada neste momento, como estava ontem à noite, com gancho do telefone na mão. Quero que ela disque meu número e faça a chamada.

Aproximou-se do telefone e pousou a mão sobre o aparelho.

— Ligue — disse ele —, você que ligou ontem à noite! Ligue! O que quero ouvir? Eu quero te ouvir! Em minha completa solidão, em meu abandono, só quero te ouvir!

Voltou para perto do fogo e sentou-se na poltrona.

A melodia da "Reverie" durou ainda um breve instante e então parou.

Fez-se um silêncio profundo. Steele, imóvel, as feições rígidas, olhava o fogo.

O relógio marcou então dez e catorze... e, quando o ponteiro marcava o exato horário de dez e quinze, o telefone soou.

Steele levantou-se e, com um sorriso de triunfo, tirou o fone do gancho.

# XI
# A voz doce

— Alô! — atendeu Steele.

— Falo com o senhor de ontem?

Era a voz doce.

— Sim... — Rodney respondeu simplesmente, mas nessa resposta fez ressoar a escala inteira do consolo, do prazer, do triunfo!

— Desculpe, estou com vergonha de interrompê-lo pela segunda vez, mas esqueci de anotar o número do Hospital Metropolitano que você me passou ontem à noite, e na lista não há o número novo, apenas o seu. Pode me ajudar mais uma vez?

Rodney ouviu tudo com um sorriso nos lábios e nos olhos, sua expressão era de animação; cada entonação da voz doce se aplicava como um bálsamo sobre seu coração ferido e satisfazia, momentaneamente, o insaciável desejo do passado que ele experimentava depois da sua volta à Inglaterra. Apesar da desculpa que a desconhecida usara para justificar sua chamada, Steele tinha certeza de que ela obedecia, sem saber, ao pedido que ele havia feito: a sua vontade, projetada no espaço, havia se reunido, entre milhões de espíritos errantes, precisamente àquele a que desejava influenciar. Ficou feliz por seu pedido a forças desconhecidas ter sido atendido e também pela voz doce estar presa à outra extremidade do fio. Alguns minutos antes, parecia impossível falar de novo com aquela voz... e, não obstante, essa mesma voz murmurava em seu ouvido um pedido de desculpas!

Mas precisava ficar atento; a desconhecida podia a qualquer momento desligar. Tinha que fazer com que continuassem em contato. Claro que não existia nenhum milagre psíquico! Era preciso agir com a razão.

— Sim — respondeu ele. — Sim. Claro, será um prazer passar o número, mas ouça-me! Queria antes que prometesse que não vai desconectar a chamada. Preciso conversar sobre outro assunto...

Silêncio completo. Rodney segurava a respiração e esperava ansiosamente. Teria ela, sem que ele percebesse, desligado?

E então veio a resposta.

— Não vou desligar — disse a voz doce.

Rodney mexeu a mão que segurava o fone, animado. Se conseguisse segurar a ligação por mais dois ou três minutos, conseguiria conquistá-la.

— Obrigado — agradeceu. — O número que busca é 4933 Central. Anote-o... mas não corte a ligação!

— Prometi que não ia desligar — replicou a voz doce. — Obrigada pela informação. E o que deseja falar além disso?

— Ouça — disse Rodney apressado. — É muito difícil explicar... Receio parecer insano... Lembra que ontem você me disse "boa noite"? Pois bem, pode até parecer mentira, mas há anos que não ouço um "boa noite" de uma mulher. Suas palavras me deixaram em um estado que não sei explicar... Assim que desligamos, quis ouvir sua voz de novo, a ideia de nunca mais nos falarmos depois daquele "boa noite" era insuportável! Uma voz que tinha vindo do nada e que depois eu nunca mais... O silêncio! Consegue entender...? O que acha disso tudo?

— Bem, apenas que... — respondeu compassivamente a voz doce — ... não sei o que pensar.

— Preciso te dizer — continuou Rodney — que não tenho absolutamente ninguém no mundo. No momento, vivo sozinho, num apartamento em Regent House que um amigo me emprestou. Voltei há pouco para a Inglaterra, depois de uma ausência de dez anos, e o fato de regressar ao meu país sem ter um lar para me acolher me causou um sentimento agudo de tristeza!

Rodney calou-se.

— O que quer de mim? — perguntou a voz doce em um tom carinhoso.

— Vou falar: se não achar muito incomum, gostaria que, durante alguns dias, me ligasse sempre a essa hora... Então conversaríamos e você me daria "boa noite".

O silêncio que se seguiu mostrava a hesitação da desconhecida. Enfim, se manifestou:

— De certa forma é, sim, um pedido incomum. — E começou a rir num tom melodioso, fazendo o coração de Steele bater mais forte. Era o mesmo que ouvir o riso de Madge! — É um pedido dos mais peculiares, na verdade!

— Por que devemos nos submeter ao costumeiro?

Mais uma vez o riso chegou aos seus ouvidos.

— Não acha que está sendo muito precipitado a se referir a um "nós"?

— De modo algum. Somos "nós", não somos? Dizer qualquer outra coisa seria ferir a gramática.

— Falando nisso, acho que chegou a hora de *nós* dizermos "boa noite" e desligarmos o telefone...

— Espere um instante. Quero que me prometa algo, querida de voz doce desconhecida! Estou às ordens: você sabe o meu número de telefone, eu desconheço o seu e lhe dou minha palavra que não procurarei jamais descobri-lo. Contei que moro no Regent House, mas não tenho a mais vaga ideia de onde a senhora está: Kensington, Pimlico ou Maida Vale?

— Nem em Kensington, tampouco em Pimlico.

— Seria então em Maida Vale? Vamos devagar. Esqueci de citar Kampstead, Chelsea, Mitcham? Sua voz me soa tão perto, como se estivesse do outro lado da parede... A distância não diminuiu em nada a clareza da ligação. De minha parte, não peço nenhuma informação e não desejo dar nenhuma. O que desejo é que me chame ao telefone perto das dez e quinze durante seis noites consecutivas. Aceita?

— Tudo depende das circunstâncias — respondeu a voz doce. — É bem possível que seja pedir pouco, mas também pode ser que seja pedir muito! Como sabe que disponho de tempo para isso? Como sabe que não tenho uma família que observa meus atos e meus gestos?

— Acredito que tenha disponibilidade de tempo, porque você telefonou, por duas vezes, ao Hospital Metropolitano. Além do que, os aparelhos telefônicos não são geralmente instalados na sala.

— Errou nos dois casos a meu respeito: meu aparelho telefônico fica em cima da escrivaninha, e vivo só. — Depois de longa hesitação a voz doce continuou: — Sou viúva.

Steele, cheio de deduções, resolveu perguntar:

— Viúva de um bispo?

Aquele riso tão doce se desencadeou de novo, despertando em Rodney o eco dos dias alegres na campina de Surray.

— De maneira nenhuma. Por que pergunta?

— Porque a viúva de um bispo me emprestou ontem à tarde uma Concordância.

— É, de fato faz sentido! Sobre esse assunto, fico feliz que ela tenha podido te emprestar!

— Você faz filantropia?

— O quê?

— F...I...L...A...N...

— Sei o que a palavra significa. Não, oficialmente, não. Mas tenho sofrido muito e me compadeço do sofrimento alheio.

— Verdade? No meu caso fui em direção contrária: meu sofrimento faz com que me esconda atrás de barras de ferro e fico insensível a tudo que me cerca.

— Porque, meu amigo, não se deixou sofrer totalmente. Ou o sofrimento acabou levando-o à amargura?

— Eu sofri muito — respondeu Steele amargamente. — Mas não importa! Continuo a ser "o capitão de minha alma". Leu o poema "Invictus", de Henley?

— Sim, mas não estou de acordo com as conclusões do autor. Vale mais ficar sob o julgo do sofrimento que tornar-se o servo do seu egoísmo.

— Que outro refúgio resta a um homem solitário? Mas me desculpe, estou ainda mais melancólico do que de costume. Meu vizinho acaba de tocar no piano a "Reverie" de Schumann. Essa música me deprime sempre que a ouço.

— Por que não envia um pedido ao vizinho para que toque algo mais alegre? Mas por que a Reverie o deixa triste?

— Me traz lembranças...

— Compreendo. Agora preciso desligar.

— Espere um pouco, vai me ligar amanhã às dez e quinze?

— Talvez.

— Queria que prometesse.

— Prometo.

— Que ótimo... Só mais uma coisa! Muitas vezes no dia ligam querendo falar com o Hospital Metropolitano.

— Sim, como eu... E você pede a todos que...

— Não! Escute, eu imploro. Como são muitos os casos de engano, meu criado que atende a maior parte deles. Então, à hora que combinarmos estarei por aqui... Mas, caso aconteça de ele atender em meu lugar, pergunte "Você está aí?", e ele saberá que a ligação é para mim e me chamará.

— Bem, não esqueça que sou apenas uma voz entre tantas!

— A única voz! Eu reconheço sua voz, e nem sei por quê.

— Boa noite!

— Boa noite!

Rodney esperou para voltar o telefone ao gancho. Em instante, a voz doce murmurou:

— Você está aí?

— Sim — respondeu instantaneamente Rodney. — O que deseja?

O riso galante vibrou de novo.

— Nada. Falei apenas para me lembrar. Achei que você havia desligado o telefone, queria testar o cumprimento de amanhã à noite.

— Não vai esquecer?

— Não vou.

Dessa vez a ligação foi cortada e Rodney, por sua vez, colocou o fone no gancho. Achou-se de novo só no apartamento, mas o sentimento de solidão o havia deixado.

Voltou ao seu lugar diante do fogo. Estava feliz com o que havia acontecido, em ter conseguido estabelecer uma amizade com a voz? Desde seu exílio, havia, é verdade, evitado a companhia de mulheres. Mas nesse caso, tratava-se apenas de uma voz, ligada por laços invisíveis ao coração de uma mulher. Além disso, essa voz lhe lembrava a da mulher que amava... Deveria contar a ela? Deveria? Ela não conheceria nunca o nome do seu interlocutor e ele continuaria a ignorar o da sua misteriosa parceira. Não se encontrariam nunca, mas seria para ele um conforto pensar que às dez horas e quinze, toda noite, uma voz tão parecida com a de Madge falaria ao seu ouvido "Você está aí?".

Ele olhava a grelha cheia de carvão, cuja parte central estava acesa, parecia até um pôr de sol por trás dos contrafortes de rochas negras... Tocavam piano, de novo, na sala ao lado: os acordes da "Reverie" ressoavam, mas Rodney não experimentava nenhum abatimento; seu espírito inquieto havia encontrado conforto. A voz doce afirmava: "Aquele que sofre se compadece do sofrimento alheio". Ele não conseguia admitir como verdade a questão. O tempo havia diminuído o sofrimento, mas a ferida havia se reaberto na tarde em que chegara à Inglaterra, quando ao desdobrar o jornal lera a manchete: "Nasceu em 26 de novembro, na cidade de Simla, na Índia, o herdeiro do casal Hilary".

Ele imaginava o que pensaria sua amiga do telefone se imaginasse todos os desdobramentos da sua infelicidade. O que ela havia dito naquela noite era muito real, "o sofrimento acabou levando-o à amargura". Amargura! Pai do céu! Tudo o que o sofrimento havia ensinado a ele era a nunca mais confiar em uma mulher!

Afastou as lembranças e se concentrou no presente. Não queria perder a felicidade que sentia.

A voz doce devia ser de uma mulher mais velha, ou pelo menos era o que Steele esperava. Ele teria ficado entediado com uma mulher muito nova rindo sem parar do outro lado da linha. Ele gostava de sua risada madura e da confiança e calma de sua fala. Tinha quase certeza de que ela era uma filantropa, mesmo ela negando. Provavelmente fora seu espírito filantropo que a fizera concordar em continuar falando com ele.

Se ela iniciasse um projeto de filantropia, poderia doar mil libras anualmente... Sim, mas com isso ela teria que dar a ele seu nome, para que emitisse o cheque e também passar o endereço onde entregá-lo... Pensou que tipo de ajuda seria possível com mil libras esterlinas anualmente. Pediria todos os detalhes no dia seguinte, logo que a desconhecida ligasse.

Nesse ponto se deu conta que estava divagando.

Cutucou o carvão na lareira, se organizou para trabalhar por mais uma hora e depois dormir. E, enquanto trabalhava, assobiava a "Reverie".

# XII
# Viúvas e gaivotas

Durante o café da manhã, Rodney não cessava de reviver no pensamento os acontecimentos da noite anterior: tudo perdera contato com a realidade, parecia um sonho. O mundo inteiro se confundia em seu espírito: era só um sonho quando pedira socorro à voz doce?

Não precisava do contato da Central Telefônica para que a voz o chamasse naquele noite, às dez e quinze. Ainda assim, com o encontro marcado, Rodney estremecia quando ouvia o toque do telefone, até que Jake, em vez de passar o número do hospital como era de costume, abriu a porta para dizer:

— Ligação para o senhor.

Ele correu atender sem duvidar da identidade da pessoa que estaria do outro lado, com certeza confundira dez e quinze da noite com dez e quinze da manhã. Pegou o fone e disse com a voz surpresa e emocionada:

— Alô... É você?

— Claro que sou eu — prosseguiu a voz jovial de Billy. — Mas, o que há? Sua entonação pareceu um grito de angústia de um homem que se afoga, como se essa ligação fosse sua tábua de salvação! Você está doente?

Steele não deixou transparecer seu desapontamento e respondeu:

— De forma alguma, estou ótimo.

— Estou ligando — gritou Billy, bem de encontro ao bocal — para te convidar novamente até aqui. O nevoeiro e o frio devem estar insuportáveis em Londres. Aqui faz muito sol e poderemos patinar no lago amanhã. Se sair agora, chega aqui ainda esta tarde!

— Obrigado, Billy. Agradeço muito, mas não posso no momento; tenho revisão de um manuscrito e um trabalho urgente a terminar.

— Não está triste aí, sozinho?

— Não. Estou acostumado. Não quero sair de Londres por enquanto.

— Você quem sabe, Rod. Você será sempre bem-vindo aqui... Hein?... O quê?... Não, nós não acabamos de falar! Por favor... Espere um pouco, Rodney, Valéria quer falar com você.

Depois de um clique no telefone, Steele ouviu uma risada feminina e quase desligou antes que a voz dessa outra mulher chegasse ao seu ouvido. Ouviu então lady Valéria dizer: "Billy, saia de perto de mim, senão não conseguirei conversar, parece um cachorrinho". Depois, mudando de tom, lady Valéria perguntou graciosamente:

— Como vai, senhor Steele?

— Bom dia, lady Valéria.

— Que prazer poder enfim falar com o senhor! Ficamos bem desapontados ontem por você não ter vindo. Precisa vir o mais breve possível!

— Agradeço a bondade do convite, lady Valéria, mas meu trabalho me retém em Londres até o Natal.

— Que grande pena! Não pode trabalhar daqui? — Steele ficou mudo para não ter que discutir tamanha inconveniência. — Desejo, particularmente, falar com o senhor a respeito de *A grande separação*. Vi ontem um exemplar na sua mesa, quando deixei minha carta. Na sua opinião, é obra de um homem ou de uma mulher?

— De um homem.

— Ah! O senhor parece estar certo do que diz. Diga-me então por que acha isso. Minha opinião é contrária à sua.

— Não vai me convencer, lady Valéria: *A grande separação* é indiscutivelmente obra de um homem.

— É um livro maravilhoso, não é?

— O autor realmente escreve bem, dentro de seus limites.

— Mas por que tão poucas palavras? Por que todo autor tem tanta dificuldade em elogiar um colega?

Não sabendo o que responder à tão delicada pergunta, Steele esperou em silêncio. Lady Valéria deu seguimento:

— Agora, diga-me... — Veio então a intercepção da Central Telefônica questionando: "Terminado?" — Quem é esse grosseirão que está me interrompendo?

— Interrompem porque é uma ligação de longa distância, e só são permitidos seis minutos de conversa.

— Mas tenho ainda muita coisa para dizer... — Mais uma vez a Central Telefônica questiona: "Terminou?"

— Sim — respondeu Rodney alegremente.

— Eu queria saber — prosseguiu lady Valéria, no mesmo tom pretensioso.

Rodney ouviu o barulho da linha sendo desconectada e ficou ainda alguns instantes imóvel diante do aparelho, feliz por não poder responder o que lady Valéria queria tanto perguntar. Depois, pendurou o fone no gancho e retomou seu lugar na mesa. Jake retornou à sala com mais mantas e seu almoço.

— Jake — disse Rodney —, se hoje atender ao telefone e perguntarem "Você está aí?", me chame, que a ligação é para mim. Me chame imediatamente, sem mencionar meu nome ou pedir que a pessoa do outro lado da linha se identifique.

— Sim, senhor.

Jake sempre respondia assim. Steele estava certo de que no casamento de Jake e de Sarah Mimms, quando o pastor fez a pergunta: "Quer tomar esta mulher por sua legítima esposa?". Jake respondera:

— Sim, senhor.

Quando terminou seu almoço, Steele estava no melhor dos humores. A ligação com lady Valéria, que ainda não conhecia pessoalmente, o fez ter certeza de que a conversa da noite anterior havia sido muito mais real. Sentia-se cheio de energia.

Ao meio-dia, ao ver o lindo sol do inverno, resolveu sair. Entrou no parque e, depois de percorrer algumas alamedas, parou diante do grande lago, onde vários pássaros nadavam e chafurdavam, enquanto gaivotas voejavam em todos os sentidos, à procura de alimento. Observando as gaivotas, Steele pensou em como gostava de ser livre, como o era em suas viagens. Crianças pequenas, acompanhadas de suas babás, divertiam-se a atirar pedaços de pão à água, com evidente satisfação dos patos, ao contrário das gaivotas, que pareciam desdenhar da oferta dos pequenos.

Steele saiu do parque em busca de uma quitanda, onde comprou queijo para retornar ao lago. Aproximou-se da beira, abriu seu pacote e com o canivete cortou o queijo em pedacinhos, espalhando-os ao redor de si. Patos e gansos o rodearam, mas ele queria atrair as gaivotas, que já voavam sobre sua cabeça.

Começou então a atirar pedaços de queijos ao ar, e as gaivotas, com destreza, os pegavam. Atirou cada vez mais e mais queijo, até que os pássaros o rodearam. Em seguida, colocou alguns pedaços de queijo na mão e imitou o grito das gaivotas.

Elas se aproximaram ainda mais, e uma delas desceu, roçando a asa na mão aberta dele, tirando um pedaço de queijo. Uma outra agarrou-se à sua manga. Logo, inúmeras delas estavam sobre ele. Nesse momento, uma babá, empurrando um carrinho, parou para contemplar o espetáculo:

— Olhe que lindos os pássaros, George, aquele homem é o guardião deles. E como os patos fazem, George? Quá, quá. Aliás, já é hora de sua papinha, George. Vamos!

Steele não ousava se mexer para não incomodar as aves pousadas na sua manga. Ele se contentou em sorrir por ter sido chamado de guardião das gaivotas.

Nada pode parar o voo desses animais; apenas a fome os detém por um instante. As gaivotas confiavam nele, sabiam de suas intenções, e sentiam em sua natureza uma semelhança com o coração humano: não pode ser trancado em gaiolas ou jaulas, e não pode ser mantido por nenhum guardião, a não ser o Amor e a Necessidade.

Steele ouviu o carrinho se afastando.

Então, outros passos se aproximaram, parando atrás dele.

Ouviu uma tosse.

Steele se assustou, e as aves voaram. Ele então se virou e divisou uma mulher vestida toda de preto; os grandes olhos arregalados o observavam atentamente. O crepe branco envolvia o pescoço e os punhos da roupa, o que o fez a identificar como uma viúva. Então Steele voltou a atirar queijo para o ar. Quando olhou para trás, a viúva não se movera. Ela parecia austera, mas ele não julgava pela aparência. Quem sabe essa viúva não teria uma voz doce?

Os patos haviam voltado para a relva e bamboleavam em torno de Rodney, ele então cortou o resto do queijo em pedacinhos e os espalhou a seus pés. Por sua parte, a viúva dera um passo à frente; Rodney imaginou que era a viúva que havia emprestado a ele a Concordância. Para tirar a dúvida, pensou em conversar com ela. Não muito longe de onde estava a viúva, pardais disputavam as migalhas de pão.

Rodney então chacoalhou as migalhas de queijo de sua roupa, limpou as mãos com um lenço, e contemplou os patos e gansos, que nadavam e mergulhavam.

— Lindos, não? — disse ele, amigável, voltando-se para a viúva.

— Acho lamentável — retorquiu a viúva. — Não entendo como as pessoas dão pedaços de queijos a gaivotas quando há tanta gente passando fome.

— Não pude encontrar nenhum peixe com o quitandeiro — Rodney respondeu modestamente, tirando o chapéu. Depois, afastou-se rapidamente. Essa viúva não era em nada parecida com a voz doce ou com a viúva do bispo; nenhuma delas teria sido tão grosseira.

Steele voltou ao apartamento à uma hora e tomou seu lanche, solitário. Queria voltar a sair; pensava no voo das gaivotas — o contato das patas em seu punho havia avivado nele uma necessidade de liberdade e de ar. As quatro paredes de sua confortável sala de jantar pareciam uma gaiola; experimentava um irresistível desejo de mover-se, de respirar a plenos pulmões. Foi então para o Hyde Park.

Viu nos bancos várias viúvas, muitas delas acompanhadas de seus cachorrinhos. Quando parou perto das senhoras, os cãezinhos avançaram em sua direção, o olhar injetado, o corpo tremendo.

Reparou também em outras viúvas nos arredores. Na multidão, que se comprimia às portas das grandes lojas para as compras do Natal, distinguiu também diversas silhuetas envoltas em véus negros. Todas as viúvas que havia encontrado nesse dia eram de classe alta, mas, de repente, numa esquina, viu uma mulher que vendia fósforos vestindo luto; seu vestido era muito leve para a estação.

— É viúva, minha senhora?

— Sim, senhor — respondeu a senhora com voz trêmula.

— Pode me ajudar com uma questão? A senhora acha errado jogar queijo aos pássaros?

— Não distribuo queijo, mas tenho o hábito de repartir meu pão com os passarinhos.

— E por que deixa de comer para dar aos pássaros?

— Porque nosso Pai Celeste nos orienta a dividir o pão. Não tenho dinheiro, mas gosto de fazer minha parte.

Rodney tirou uma libra do seu bolso e disse:

— Quero uma caixa de fósforos... e fique com o troco.

A mulher olhou a moeda e falou:

— Era justamente a quantia que precisava, parece que o senhor adivinhou.

Enquanto subia os degraus da escada do Regent House, avistou no hall de entrada uma outra viúva, que conversava com Maloney. Ela era muito bonita, seu rosto emoldurado por cabelos prateados divididos ao meio. Ela olhou na direção de Steele, parado na porta. Olhando dentro de seus olhos, Rodney sentiu o coração bater mais forte... Será esta a desconhecida? Como descobrira seu endereço?

Teria seu encontro cara a cara depois de pedir para que ligasse a ele toda noite!

Maloney então desviou o olhar para a porta e avistou Steele.

— Aqui está o sr. Steele, minha senhora — disse ele.

Rodney aproximou-se, chapéu à mão.

— A senhora me perguntava se o senhor estava em casa — explicou Maloney.

— Devo apresentar minhas desculpas, senhora — começou Steele com esforço. — Receio que meu pedido de ontem à noite tenha parecido muito indiscreto.

— De forma alguma, senhor Steele. Fiquei muito feliz de ajudar um escritor cujos livros deliciosos...

Desde as primeiras palavras da resposta, Rodney havia recobrado seu sangue frio: a voz era terna, simpática, mas não a voz doce. Não tinha a misteriosa sonoridade que lembrava a voz de Madge. Essa dama encantadora era a viúva do bispo e evidentemente falava sobre o empréstimo da Concordância. Rodney entrou no elevador juntamente com a senhora Bellamy, que pousou maternalmente a mão sobre a manga dele e disse:

— Todos os livros de meu marido estão à sua inteira disposição, senhor Steele. O bispo era um leitor apaixonado e comprava muitos livros. Ele amava repetir: "Um livro que merece ser lido merece também ser comprado". O senhor está trabalhando em algo voltado à teologia?

— Não, só precisei buscar um texto nas escrituras.

— Seria indiscrição perguntar-lhe de que texto se trata?

— "Acumula riquezas, todavia não sabe quem, de fato, delas usufruirá".

— E por que buscou esse versículo?

— Pelo recebimento de um cheque importante de meu editor e além disso, o fato de que não tenho com quem compartilhar o meu sucesso.

O elevador parou, e a viúva do bispo desceu.

— Boa noite, senhor Steele — disse ela. — Adoraria receber sua visita.

— Obrigado pelo convite — respondeu Rodney.

Entrou no apartamento feliz, porque dentro de três horas ouviria a voz doce.

# XIII
# Amizade pelo telefone

Às dez e quinze em ponto o telefone tocou.

Rodney pegou o gancho:

— Alô!

— Você está aí? — perguntou a voz doce.

— Creio que sim! — respondeu Rodney, zombeteiro. — Não trocaria por nada meu lugar aqui durante essa hora!

— Não posso conversar por tanto tempo.

— Falei hora no sentido figurado.

— Ah, bom! Como passou o dia?

— Muito bem, trabalhei até meio-dia...

— E o que fez depois?

— Andei pela cidade em busca de viúvas.

— Que passatempo curioso! Encontrou muitas no caminho?

— Inúmeras! E quando voltei para o meu prédio conheci a viúva do bispo! Não sabia que havia tantas viúvas em Londres. Como estão os preparativos para sua filantropia?

— Para minha... O quê?

— F... I... L... A...

— Sim, eu sei o que é. Mas do que você está falando?

— E a senhora por um acaso não tem um projeto de acolhimento?

— É a primeira vez que ouço falar disso.

— Depois de nossa conversa ontem à noite, me interessei muito por essa ideia. Inclusive me disponho a contribuir anualmente com mil libras esterlinas.

— Com uma contribuição desse porte, consigo até construir um prédio!

— Tenho preparado os estatutos.

— Nós o redigiremos juntos.

— Pelo telefone?

— Por que não? Isso nos obrigará a ser claros e concisos.

— Entendido. Monte seu plano e me apresente. Agora, chega de filantropia. Como passou o dia? — questionou Rodney

— Muito bem. O sol estava lindo, então resolvi sair. Fiz um longo passeio. Atravessando o parque, fui surpreendida por um espetáculo no lago, onde ficam os patos e gansos: um homem estava cercado de gaivotas.

— Ah!

— Ele não jogava pedaços de pão na água, como as outras pessoas. As gaivotas estavam todas empoleiradas em seus ombros e braços.

— E sabe o que ele dava para elas?

— Não, estava longe. Fiquei atrás de um arbusto para não assustar as gaivotas. Queria saber o segredo desse encantador de gaivotas.

— E depois?

— Passei a tarde lendo... A propósito, sua vizinha tocou a "Reverie" esta noite?

— Ainda não.

— Pergunto porque acabo de começar a ler um livro cuja canção tema é essa. Estou ainda no terceiro capítulo, mas o livro está interessantíssimo, o título é *A grande separação*.

— Já li e estou feliz de saber que também está lendo. Depois da minha volta à Inglaterra, tenho ouvido falarem dessa obra de diferentes maneiras; tenho lido muito o que os críticos dizem a respeito. Gostaria de saber sua opinião. Gostaria *muito* de saber sua opinião, depois que terminar.

— Combinado, mas não leio depressa. Não termino a leitura até amanhã.

— Sem problema. Podemos discutir os capítulos que já leu. A senhora tem alguma informação sobre a verdadeira personalidade do autor?

— Uma de minhas amigas, ao me recomendar esse livro, afirmou que é uma mulher quem usa o pseudônimo de "Max Romer".

— Sua amiga está enganada: *A grande separação* é indiscutivelmente a obra de um autor homem. Sob a pena de uma mulher, o desenlace teria sido inteiramente diferente. Apenas um homem entenderia o sofrimento do personagem Valentim.

— Acha então que as mulheres não entendem de sofrimento?

— As mulheres têm um sofrimento mais efêmero.

— Enquanto o dos homens...

— ... sofre uma espécie de cristalização à medida que o tempo passa. Nosso coração se petrifica quando é quebrado! Max Romer explica muito bem esse fenômeno. O que está achando dos primeiros capítulos?

— Uma linda descrição de um amor juvenil. Max Romer, qualquer que seja seu gênero, soube medir a profundeza do primeiro amor. Mas me inquieta o fato de esses dois jovens corações terem tanta certeza do amor e serem tão confiantes dos segredos um do outro... Seria horrível se um deles traísse essa confiança!

— Terminou o terceiro capítulo?

— Ainda estou na metade.

— Continuará a ler essa noite?

— Sim; vou ler até umas onze e meia.

— Entendi. Quer me ligar a essa hora para conversarmos?

— Não sei. Acho que uma ligação por dia é o bastante.

— Está certa, me desculpe. Eu que me deixei levar pelo entusiasmo em falar sobre o livro.

— Então até amanhã, às dez e quinze.

— Já vai desligar? Espero que não tenha se ofendido por eu ter falado que encontrei várias viúvas.

— Imagine. As viúvas gostam de ser citadas. Quem sabe se da próxima vez você não me encontra na Rua Regent?

— Seria um prazer. Então até mais. Boa noite!

Então, o silêncio... A ligação tinha sido cortada.

— Terminou? — interrogou a Central, e Rodney colocou o fone no gancho.

Sentou-se na poltrona e toda sua animação se esvaiu. Havia esperado tanto, tamanha era a expectativa para a segunda conversa, mas não tinha sido tão prazerosa quanto a anterior. A realidade de sua interlocutora apontando que as ligações partiam dela tirara um pouco o romantismo da ligação. A voz doce ainda o fazia lembrar do passado, mas naquela noite o riso que o fazia lembrar de Madge não se fizera ouvir. Por outro lado, a conversa deixara vários pontos de atenção; que coincidência que a desconhecida tivesse atravessado o parque no mesmo momento em que ele estava com as gaivotas! Ela nem desconfiava que ele e o homem da gaivota eram a mesma pessoa.

Ficou ainda mais surpreso por ela estar lendo o livro em que, com alguns detalhes, ele havia descrito sua própria história? Será que perceberia a realidade por trás da ficção? A fala dela sobre os primeiros capítulos era animadora: ela compreendia o ardor do primeiro amor e pressentia também sua fragilidade. Rodney pegou seu exemplar da biblioteca, aproximou sua poltrona do fogo, acendeu a lâmpada de trabalho colocada numa mesinha baixa e começou a ler o capítulo quatro. Também leria até às onze e meia, então saberia em que ponto a desconhecida pararia a leitura. À medida que lia, contudo, perdia de vista o próprio motivo: logo a memória cessou de registrar as vibrações da voz ao telefone. Sua obra, como todas as obras cuja criação foi quase subconsciente, exigia o avançar da leitura até mesmo para seu criador. Não viu o relógio marcar meia-noite e não notava quão tarde já era quando repentinamente deixou cair o livro e se levantou. O silêncio fora rompido pelo toque do telefone. Rodney foi até o vestíbulo e tirou o telefone do gancho.

# XIV
# O vento na chaminé

— Alô! — disse Rodney Steele, e instantaneamente a voz doce respondeu com entusiasmo:

— Você ainda está aí?

Não conseguia acreditar no que ouvia.

— Que alegria saber que é você do outro lado da linha! Continuo por aqui, parece até que pressentiu meu chamado. Eu também não parei de ler, desde o instante em que nos demos boa noite. Cheguei justamente à cena em que Catarina devolve a carta a Valentim sem a abrir.

— Ah! — bradou a voz querida, que neste instante perdia a sua calma habitual. — Estou muito além dessa parte e, sinceramente, não podia suportar mais um minuto sem discutir com alguém. Eu precisava falar com você.

— Eu pedi que ligasse, lembra? Você que recusou. Agora *A grande separação* a obrigou a ligar!

— Tem razão — disse ela. — Max Romer sabe ser forte. Raramente sou arrebatada por um romance; mas até você confessa estar mexido. Mas, mesmo empolgada pela leitura, preciso ser crítica. E eu sei perfeitamente onde *A grande separação* se afasta da verdade.

— Da verdade? Em que lugar?

— É difícil explicar pelo telefone, mas vou tentar. O primeiro ponto é o esquecimento completo das cartas de amor escritas à enfermeira. Acredita nisso? E como um homem em sã consciência pode confundir uma mulher pela qual não nutria amor nenhum, diga-se de passagem, com aquela que criou para escrever um romance?

— Claro que é possível. É o resultado de uma hemorragia cerebral. Qualquer médico confirmaria o caso. Saiba que Valentim trabalhou em seu romance com um saco de gelo sobre a cabeça, quando devia estar deitado num quarto escuro, em completo repouso. Ainda bem que essa imprudência não lhe custou o juízo.

— Bem. Acredito nisso, então. Não estou a par das questões médicas. Mas agora vamos à questão sobre a qual eu creio ter o direito de dar minha opinião. Penso conhecer o coração feminino melhor que Max Romer. Digo então, meu amigo, que nenhuma moça e, em particular Catarina, tão nobre e tão boa, teria rejeitado o homem que amava às vésperas do casamento, apenas por outra mulher ter mostrado a ela cartas de amor. E não apenas isso, ela não o teria rejeitado, como também não teria negado a ele o pedido de desculpas. E mais: não teria, também, devolvido a carta de seu noivo sem explicação alguma e sem ao menos a abrir. Uma pessoa fútil, incapaz de se dominar, vaidosa e muito suscetível, poderia ter agido assim, mas não a Catarina descrita por Max Romer.

— Mas Catarina é muito jovem, inexperiente, ignorante da vida. Recebeu a notícia sem aviso e ela estava apaixonada.

— Eu sei que ela é jovem, que não conhece o amor como uma mulher mais velha, o amor paciente, compreensivo, que sabe perdoar e tem confiança no futuro. Os senhores, homens, mesmo os melhores — talvez sobretudo os melhores —, são chorões. Esperam de uma jovem o que ela não pode dar. Entende? É complicado explicar pelo telefone! Não contesto que o amor de Catarina fosse o amor de uma jovem, mas era um amor nobre. Os críticos têm muita razão quando dizem que Catarina não teria rompido com o seu noivo pelos motivos com os quais Max Romer se contenta. Ele escreveu seu livro com sinceridade, mas não chegará a convencer àqueles que conhecem de fato o amor e a vida. Catarina não teria agido como ele a fez agir, e reitero minha opinião.

— Pois te digo! A verdadeira Catarina, a real, aquela que serviu de inspiração para Max Romer, agiu como em *A grande separação*!

Seguiu-se um momento de silêncio. Em seguida, Rodney ouviu a voz doce trêmula de emoção:

— O que está dizendo, amigo? Por que fala com esse ardor? Será que não estamos discutindo sobre o romance de um simples autor desconhecido?

— Estamos discutindo fatos! — bradou Rodney. — Estamos discutindo a tragédia que pôs a perder a vida de um homem, e que depois escreveu sua dolorosa história, disfarçando-a a todo custo, para ouvir dizer que o fim de seu romance era um erro e que sua Catarina não teria agido como ele a descreveu! Minha amiga, já que nunca nos veremos, vou contar um segredo que ainda não confiei a ninguém. Isso será um grande consolo para mim e compreenderá logo por que fico furioso quando ouço fazerem certas críticas. A senhora fala com Max Romer; eu sou Max Romer. Estou então no direito de afirmar que não inventei nada. Agora, o que você me diz sobre inverossimilhança?

Rodney ficou calado.

Nenhuma resposta veio.

Esperou. Um pesado silêncio se interpôs na comunicação.

Finalmente, ele falou:

— Alô! Ainda está aí? — Nenhuma resposta.

Ligou para a Central.

— Por que cortou a ligação? Não tínhamos acabado de falar.

— Não cortei — respondeu a telefonista, de mau humor. — Desligaram do outro lado.

— Deve ter sido engano. Nos conecte de novo, por favor.

— O número, por favor.

— Não sei qual é o número.

— Então não posso completar a ligação.

— Muito bem. Boa noite.

Rodney voltou à poltrona e se sentou.

Estava perplexo e pasmado.

Por que ela desligara num momento tão grave?

Confiara nela — um impulso raro para ele — e parecia ter sido rejeitado sem sequer uma palavra de simpatia.

Tal ação não estava de acordo com o que conhecia da voz doce.

Não pensaria mal dela.

Sem dúvida, era um engano. Provavelmente a comunicação tinha sido interrompida antes mesmo de a confissão ter brotado espontaneamente do coração de Rodney e ela sequer havia chegado aos ouvidos de sua interlocutora. E era melhor assim; já começava a se arrepender do impulso, pois era importante que sua identidade como Max Romer se conservasse secreta.

Ele não gostou de descobrir que sua amiga do telefone tinha a mesma opinião daqueles que julgavam inverídicos os fatos principais de *A grande separação*. Mas finalmente existia agora sobre a Terra uma mulher que, lendo *A grande separação*, saberia que tudo ali era verdadeiro, completamente verdadeiro!

Rodney ficou ainda fumando seu cachimbo, meditando e nutrindo uma vaga esperança de o telefone tocar de novo, mas isso não aconteceu, e ele decidiu ir se deitar.

Não conseguiu dormir direito. Após duas horas, despertou, julgando ouvir do outro lado da parede os soluços desesperados de uma mulher. Mas, depois de apurar os ouvidos, concluiu que o som que ouvia era do vento entrando pela chaminé.

Então se lembrou da viúva que vendia fósforos na esquina. Sonhara com ela e decidiu então procurá-la e ajudá-la mensalmente.

Dormiu de novo, sonhando que uma gaivota descera sobre seu punho e o olhava com seus olhos negros e perspicazes. Depois voava e repentinamente suas penas brancas se transformavam na gola das roupas de uma viúva. Ela se afastava e então ressurgia, por trás das árvores, na relva verde: Madge, ela própria, caminhando até ele — radiosa e bela — as mãos estendidas.

— Ah, Madge! — disse ele. — Ah, Madge!

E, sorrindo com ternura, Madge respondeu:

— Você está aí?

— Onde está a criança, Madge? — perguntou ele, em frente dela, de braços cruzados.

E Madge murmurou:

— Não há criança, jamais houve!

Então, abraçou-a com seus braços fortes.

Ele dormia, e o vento cessara de pronto na chaminé, e tudo ficou silencioso.

# XV
# Em dúvida

Steele despertou no dia seguinte com um peso no peito, o que lhe causou horror. Alguma coisa não estava certa. O que seria?

Então lembrou que sua amiga havia desligado o telefone exatamente no instante em que soubera que seu interlocutor era Max Romer. Por que teria feito isso?

Na véspera, à noite, Steele tentara se convencer de que a desconexão era culpa da telefonista da Central, mas, pela manhã, caiu em si de que sua amiga havia desligado por vontade própria.

Por que teria agido assim? Seria por ter sido levada a dar opinião sobre um romance antes de ser informada de que falava com o próprio autor? Se tivesse sido informada, não teria dado sua franca opinião. Por exemplo, se ele tivesse dito: "Sou o autor de *A grande separação* e gostaria de saber se acredita que ele é realista", a voz doce, que não podia ser senão sincera, teria respondido conforme o seu pensamento; entretanto, ela teria falado de maneira diferente. Pelo jeito, se sentiu contrariada pelo engodo e, portanto, desligara o telefone.

Steele repassou mentalmente a conversa que tiveram, reconhecendo ter errado — e a falta de sinceridade é imperdoável entre amigos.

Não fora claro em suas intenções. A forma como havia falado seria correta com um repórter, com um livreiro, até mesmo com Billy ou outro conhecido. Com a voz doce, deveria desde o início ter declarado: "Sou eu o autor!".

Steele odiava mentira e, por isso, dava total razão à sua amiga; tomou a decisão de tudo confessar, quando, à mesma noite, ela ligasse. Mas será que ela ligaria? Toda a questão dependia nisso. Tinha, contudo, confiança de que ela manteria a promessa. Mas poderia confiar na promessa dela?

Trabalhou a manhã toda, sem descanso. Recebeu uma mensagem da viúva do bispo o convidando para um chá no dia seguinte.

Steele ficou muito feliz pelo convite e se apressou a aceitá-lo.

De tarde foi ao zoológico; gostava muito dos veados e dos pássaros raros. Conversou com todos que ali estavam e passou momentos muito agradáveis, impressionando os tratadores com sua capacidade de ganhar a confiança dos animais.

Até que sua identidade foi revelada e ele se viu rodeado de curiosos. Mas Steele ficava tímido nessas ocasiões, então se despediu dos conhecidos, aceitando um convite para retornar no domingo seguinte. Quando ia embora, observando as gaiolas e as telas, a perda da liberdade das criaturas o entristeceu.

Caminhou a passos rápidos, através do parque, dirigindo-se ao lago próximo de Regent House, onde veria a liberdade das gaivotas.

A vida, a luz, a liberdade! A morte, a obscuridade, a falsidade, o desespero! Contrastes da vida tão terríveis e desanimadores.

Não conseguiu brincar com as gaivotas. Não conseguia prender a atenção; seus pensamentos vagavam. Ficava olhando do outro lado do lago em busca de avistar algo entre os arbustos. Mas ninguém surgiu que pudesse se assemelhar à personalidade da voz doce.

Depois, pensou em *A grande separação* e nas últimas palavras de desespero do livro, e compreendeu que somente o amor podia tirá-lo do estado em que se encontrava.

Recordando o seu dia, à noite, sentado em sua confortável poltrona diante do fogo, teve a consciência de ter se iludido. Acordara com uma sensação de mal-estar e essa sensação não o deixara. Uma espécie de desassossego interior o havia impedido de concentrar seu espírito sobre o que quer que fosse, e percebeu que ficaria assim até o instante em que soubesse o motivo pelo qual a moça, cuja voz tanto se parecia à de Madge, havia desligado o telefone assim que soubera estar falando com Max Romer, autor de *A grande separação*.

Olhou o relógio, eram oito e quarenta e cinco. Ainda teria que esperar por uma hora e meia!

Mas, quando voltava à sua escrivaninha, o telefone tocou.

Mais uma pessoa que gostaria de falar com o hospital e que depois reclamaria.

Rodney se ajeitou na cadeira e fez menção de chamar Jake. Mas a ideia de uma possibilidade, de uma sorte improvável, atravessou seu espírito, e então ele apoiou o pé no chão.

Seria possível que fosse ela, também impaciente para uma explicação?

Atravessou o vestíbulo e pegou o fone:

— Alô!

— Você está aí? — respondeu instantaneamente a voz doce.

# XVI
# Venha me conhecer

— Sim, estou — respondeu Steele —, e preciso me desculpar.

— Espere um pouco — continuou a voz doce. — Eu que devo desculpas. Desculpe-me por ter desligado tão abruptamente, bem quando acabava de me contar um segredo.

— Você não tem do que se desculpar. A culpa é minha — Steele apressou-se a dizer. — Eu não tinha o direito de solicitar sua opinião sobre um livro como se eu fosse apenas um leitor e não o autor. Fez muito bem em desligar. Estou com muita vergonha por ter te enganado.

— Não acho que me enganou — replicou a voz doce —, e o senhor não está errado por ter guardado segredo. Por que acharia que me ofendeu?

— Está bem, agradeço as palavras, mas preciso dizer que Max Romer é um pseudônimo.

— E compreendo inteiramente que esconda seu verdadeiro nome sob um pseudônimo! Mas não chamo isso de enganar.

— Isso depende — continuou Steele — se você é quem mente ou quem mentiu.

Ela riu de forma graciosa e fez Rodney se lembrar, mais uma vez de Madge.

— Ah, amigo, essa conversa começa a ficar muito pessoal, assim como todo o resto sobre que quero conversar essa noite. Acabei de ler *A grande separação*.

— Um momento! — suplicou Rodney. — Se a minha mentira não a incomodou, por que desligou o telefone ontem à noite?

— Porque o quarto começou a girar, minha mesa a bambear e tudo escurecer. Achei que era melhor desligar enquanto ainda enxergava o aparelho. Recobrei os sentidos depois de um tempo. Acho que estava muito cansada. Talvez a leitura de *A grande separação* tenha me comovido demais. Além disso, descobri que minhas críticas duras ao livro haviam sido feitas ao próprio autor! Um desmaio é natural, não acha, Max Romer?

— Não gosto de pensar que você desmaiou e estava sozinha! — exclamou Rodney.

— Minhas criadas tinham ido se deitar. Lembre-se de que já passava da meia-noite; você era o único responsável por mim àquela hora, Max Romer.

Percebeu um tom de divertimento em sua entonação a cada vez que pronunciava seu pseudônimo, gracejo que despertava em Rodney o desejo de revelar sua verdadeira identidade. Mas, por amor a Madge Hilary, decidiu calar-se.

— Então, acabou de ler *A grande separação?* — perguntou.

— Sim, acabei.

— O que achou do final?

— Quer saber a verdade?

— Claro.

— Então, não sei de que lado ficar. O pessimismo do herói; sua dolorosa compreensão chegando tarde demais, os animais pastando a seus pés, muito abaixo, símbolo da sua paixão extinta, do fim de toda a esperança, o pôr do sol anunciando os tormentos de Catarina quando ela compreende o que representa o verdadeiro amor e reconhece que o perdera por sua própria inexperiência. Enfim Valentim, de pé, imóvel sobre o rochedo, os braços cruzados sobre o peito, sentinela solitária, sofrendo o mais duro dos combates interiores, porque a mulher que amava apaixonadamente se casara naquele dia com outro. Tudo isso deixa a leitura pesada, perturbada. Aceitaria esta cena como o fim de um capítulo, mas não como o fim do livro.

— Mas do ponto de vista literário não há outro final possível — explicou Rodney para defender sua causa.

— O ponto de vista literário — concordou a voz doce — é muito importante para o romancista, mas o mais importante... O mais importante é o ponto de vista moral. O escritor tem o dever de elevar o ideal de seus leitores, de abrir seus corações à esperança, assim como fazem as nobres palavras de Browning: "Deus no céu, tudo está bem na terra!". Um grande sábio francês disse "A única exclusiva da ficção é que seja mais bela que a realidade". E um ilustre homem de Estado inglês declarava: "A missão principal da literatura, num mundo cheio de tristeza e de dificuldades, é alegrar".

— Mas o assunto de *A grande separação* não é uma ficção — objetou Rodney. — Ele é real.

— Então não é literário, meu amigo. É correto ser personagem do próprio livro?

— Não posso explicar por telefone o que me fez escrever *A grande separação*. Quanto ao final, impossível mudá-lo, pois foi exatamente como aconteceu.

— Eu poderia propor um final melhor — arriscou a voz doce, um pouco abalada.

— Diga.

Silêncio.

— Mas não por telefone.

Steele começou a rir:

— Então, estamos diante de um impasse.

— Não estamos. Há um meio de vencê-lo.

— Qual é?

— Aceitaria vir até minha casa? Discutiremos à vontade sobre os nossos finais.

— Claro, ficaria muito feliz. Mas quando? Agora?

— Sim, esta noite, agora, neste instante.

Rodney, surpreso, permaneceu com o fone na mão, sem responder.

— É um convite sério? Me diga onde posso encontrá-la. Devo tomar um táxi, o bonde ou o trem? Lembre-se de que não tenho ideia de onde você está.

— Você não precisa pegar nem trem, nem bonde, nem táxi; só precisa andar um pouco. Estou em um apartamento em Regent House. Desça a escada e então, vire à esquerda. Meu apartamento é o de número 34, no segundo andar. Nossos apartamentos são contíguos. Tenho vergonha de confessar que sou eu quem toca tão frequentemente a "Reverie".

— Caramba! — exclamou Rodney. — Conversamos todas as noites, e apenas uma parede nos separa?

Ouviu seu riso e, como sempre, seu coração deu um solavanco.

— Sim! Apenas uma parede entre nós! Mas, assim como uma parede nos separa, poderíamos também estar a cem quilômetros um do outro. Venha, meu caro, daremos um fim a essA grande separação.

Rodney hesitou. Estava tomado por dois sentimentos: um que o impelia a correr imediatamente à atraente desconhecida, e outro que o retinha por fidelidade ao passado e à lembrança da noiva, cuja voz era tão parecida à da desconhecida.

Após um outro momento de silêncio, perguntou:

— Você está aí?

— Sim — respondeu a voz doce. — Estou ainda aqui.

— Você é boa demais para mim — continuou Rodney. — Não mereço a honra que me concede. Espero, entretanto, mostrar-me digno dela, bem como da sua amizade, e é por isso que vou confessar duas coisas. Primeiramente que meu ardente desejo de a ouvir falar de novo, depois do nosso primeiro encontro no telefone, foi causado pela semelhança da voz com a da moça que amei e que há muitos anos não ouvia. Em segundo lugar, que essa moça era Catarina de *A grande separação* e, embora ela me tenha traído e abandonado, como Catarina traiu e abandonou Valentim, nunca deixarei de amá-la. Por mais que viva, nunca amarei outra como a amo. Durante muitos anos, esse amor tem sido como uma coisa morta, fechado numa redoma, mas é o único amor que para sempre sentirei.

Ele não distinguiu se o que ouvia era um soluço ou um riso. Mas a voz doce tinha perdido a sua firmeza e clareza quando respondeu:

— Meu amigo, ah, meu caro amigo! Como eu o compreendo! Sua voz também me lembra a do homem que amei. Partilhamos do mesmo amor. Além disso, não lhe disse que era viúva, viúva há mais de um ano? E só amei a um único homem em toda a minha vida. Meu coração a ele pertence exclusivamente e lhe pertencerá até a morte e, o creio, até para além dela. Agora, quer vir?

— Com muito prazer e imediatamente — gritou Rodney. — Enfim, vamos nos falar sem o telefone no meio. Mas me diga, quem devo procurar?

— Não tem que procurar ninguém. Apenas baterá no número 34 e minha criada o deixará entrar. Estou sozinha.

— Combinado — disse Rodney, colocando o fone no gancho e rindo em uma alegre expectativa.

Ia afinal ver a mulher da voz doce, de quem, sem que entendesse os motivos, gostava tanto.

Ele se sentaria em sua agradável companhia e conversaria com ela sobre o final do livro.

Ignorou o elevador.

Começou a subir as escadas aos saltos.

Mas, logo no primeiro lance, decidiu pegar o elevador para não chegar a seu destino suado e sem ar.

Desceu do elevador no segundo andar e tocou a campainha do apartamento 34.

# XVII
# O melhor final

Rodney Steele foi atendido prontamente e entrou numa antecâmara muito semelhante à do apartamento de Billy.

— A senhora está no salão — disse a criada, abrindo a porta de uma sala que, na casa de Billy, era a sala de jantar.

Steele entrou. Rodeou o biombo colocado diante da porta.

O salão estava iluminado por muitas lâmpadas elétricas. Próximo à lareira, em uma poltrona, estava sentada uma mulher de vestido preto.

Ela lia um livro que encobria seu rosto; mas, por cima do livro, era possível ver seus cabelos de reflexos dourados.

Rodney admirou a elegante silhueta; era muito mais nova do que esperava. Com o tapete silenciando seus passos, atravessou o cômodo e parou diante dela.

O livro tremeu um pouco, mas ela seguiu ignorando a visita.

— Estou aqui — disse ele. — Vim saber do melhor final...

Ouvindo-o, ela abaixou o livro, levantou-se e o olhou.

Steele, estupefato, recuou. Reconheceu o lindo rosto daquela que tanto amava, perdida há tanto tempo!

— Madge! Madge! — exclamou. — É mesmo você?

— Sim, Roddie — respondeu ela com sua voz que, ouvida ao telefone, recordava a Madge do passado, mas que, naquele instante, estava alterada por uma emoção profunda.

Madge estendeu-lhe as mãos:

— Roddie! Este não é o melhor final?

Rodney ficou lívido e se afastou:

— Lady Hilary, como explica que esteja aqui? No dia 26 de novembro, a senhora estava em Simla. Eu li nos jornais: "Nasceu em 26 de novembro, na cidade de Simla, na Índia, o herdeiro do casal Hilary". Como está lá e aqui ao mesmo tempo, e me fala que é viúva?

Ela começou a rir, com um riso nervoso, que não era o seu.

— Ah, Roddie, não me olhe assim com esse olhar acusador. Eu não somente *falo* que sou viúva! Fiquei viúva há mais de um ano. Não sabia? Achei que tinha sido essa notícia que havia lido no jornal e comentado com meu irmão.

— Não falei nada disso para Billy. Quando cheguei, cinco minutos antes de me encontrar com seu irmão, li sobre o nascimento do herdeiro Hilary. Billy havia dito que precisava me contar algo a seu respeito... Eu o interrompi, falando que já sabia... e Billy não insistiu...

— Ah! Rodney! Que pena Billy não ter perguntado o que você sabia!

Riu de novo, ainda nervosa.

— Mas agora sabe de tudo. Sabe que a mulher à sua frente, com o coração aberto, é tão livre como a mocinha que há dez anos deu as costas à felicidade. Quero reparar meu erro! E, durante esses longos anos passados, sempre me recordei de você com amor e arrependimento. E, meu querido, é verdade o que disse ao telefone? Que nunca deixou de me amar e que seu coração sempre me pertenceu?

Rodney replicou:

— Eu? Nunca falei nada a você, lady Hilary. Ao telefone, conversei com uma mulher desconhecida, da qual nem mesmo o nome eu sabia e que me parecia ignorar quem eu era; uma senhora na qual eu confiava. Mas nunca falei da senhora, lady Hilary.

Ele estava de pé, o olhar frio sem piedade.

Ela estava perplexa, desenganada.

De súbito, Rodney começou a tremer e procurou um ponto de apoio para não cair.

A mulher que tanto o amava, amava o suficiente para deixar seus sentimentos de lado e apoiá-lo. A única que percebia quanto ele sofria.

— Sente-se, Rodney; aqui a cadeira. Vamos conversar e tudo será explicado. Não desconte em Billy o mal-entendido. Pergunte-me tudo o que quiser e responderei com franqueza, contarei todas as razões dos meus atos. Neste momento o que importa é que estamos em minha casa, sentados um em frente ao outro. Não há mais parede nos separando. Podemos dizer tudo o que desejamos sem que ninguém tenha o direito de intervir.

Ela se afundou na poltrona, os olhos voltados para as chamas da lareira. Seu desejo era que ele pudesse observá-la sem ser observado. Com isso, a expressão de surpresa e de terror desapareceriam mais facilmente dos olhos de Rodney. Então pegou um leque para se abanar.

Rodney estava com as mãos contraídas nos braços da poltrona e a olhava em silêncio. Ali, à sua frente, estava sua amada, sua amada que se tornara uma mulher linda.

O rosto, antes doce e encantador, agora era de uma beleza perfeita. No passado, Rodney conhecera apenas as promessas dessa beleza. Os grandes olhos, marrons, luminosos e ternos. Os lábios prontos ao sorriso, exprimiam em repouso o domínio de si mesma. No queixo era possível perceber sua força de vontade. A experiência havia marcado sua expressão. Era um rosto que tinha vencido e sofrido e que não passava amargura; ao contrário, expressava calmaria e paciência — uma paciência de alguém que espera algo que está ainda por vir.

Cada um de seus movimentos era de tranquilidade e segurança, o que denunciava o hábito de mandar e ser obedecida, uma dama de sociedade, que ordena em virtude de sua posição, de seu encanto, de sua beleza, que nunca se embaraça com o que deve fazer, que sabe sempre o que precisa dizer e o diz.

E, enquanto ela lentamente se abanava, à luz da lareira, Steele percebeu que ela esperava que ele falasse primeiro. O silêncio só seria rompido por ele.

Ele ficou calado. De que falaria? Não tinha nada a dizer.

Como ela está alta! A silhueta seguia a mesma, com mais curvas acrescidas pela maturidade. O vestido preto realçava a brancura de sua pele. O único acessório era o colar de pérolas no pescoço. A aliança de lorde Hilary brilhava no anelar da mão esquerda, que seguia imóvel sobre um braço da cadeira.

O movimento do leque estava irritando Rodney. Ele sentiu uma vontade excruciante de atirar-se a seus pés, abraçá-la. Para resistir ao impulso, falou:

— Lady Hilary...

Ela levantou a mão em protesto.

— Não, isso não. É uma coisa que não vou suportar. Se não pode me chamar de Madge, não me chame de nada.

— Não sei o que dizer, Madge. Não sei por onde começar. Preciso pensar um pouco. Preciso que entenda que há anos eu só penso em você como casada com outro homem.

— Não tem problema, querido. Esperamos tanto; por que não esperar mais um pouco?

— Eu não tenho esperado — disse ele, secamente. — Não tinha nada a esperar. Você me deixou sem nada. Sem esperança.

Ela continuou a se abanar como não tivesse ouvido nada, então falou:

— Não sabe por onde começar, Rodney? Comece pelo presente. E deixe-me ajudá-lo a prosseguir. Pergunte-me o que quiser.

Ele perguntou:

— Que significam as notícias dos jornais: "Nasceu o herdeiro do casal Hilary"?

— Essa notícia se refere ao lorde e à lady Hilary atuais. O irmão mais novo de meu marido, que era seu secretário. Durante os últimos anos, realizou, na verdade, quase todo o trabalho. Com a morte de Geraldo, ele herdou o título e o posto. Tudo o que dizia respeito à morte de Geraldo foi encoberto. Continuam a ser publicadas notas sobre os atos e o procedimento de lorde e lady Hilary, mas não se trata mais de Geraldo, nem de mim. Há um ano que não respondo mais ao título. Fiquei sozinha de novo, apenas com meus bens pessoais. Estou com este apartamento, uma casa de campo, e tenho esperado.

— Esperado?

— Sim, Rodney, eu esperava...

— O quê?

Ela então se virou e o olhou. Ele não facilitava, mas ela carregava no olhar ternura e paciência.

— Eu esperava o seu retorno!

— E por que acreditava que eu voltaria?

— Contou a Billy que pensava voltar no final do ano. Compreendi então que ficaria instalado no apartamento dele, como Billy oferecera.

— Foi avisada do dia da minha chegada à casa dele?

— Sim, e eu te vi chegar. Lembra-se do nevoeiro que enchia as ruas de Londres naquele dia? Apaguei as luzes e, meio escondida pelas cortinas, fiquei na janela. Eu o vi descer do táxi, voltar para pagar o chofer e olhar para uma janela, onde alguém batia no vidro. Nesse instante, seu olhar pousou em mim, mesmo sem você saber, e desejei boas-vindas com todo meu coração.

Um sentimento de raiva se apossou de Steele. Ela havia se escondido, negando a ele o acolhimento que tanto desejava!

Lembrava-se da jovem mãe, na estação, coberta de peles e carregando violetas, correndo de braços estendidos para o filho. “Querido filho! Seja bem-vindo!”

Lembrava-se também do viajante que descera do táxi, cuja pequena família reunida na porta da casa o recebera com alegria, enquanto a esposa dizia: “Seja bem-vindo, meu querido! Esses dez dias sem você pareceram dez anos!”.

Ele sofrera muito por não ter ninguém para recebê-lo e, naquele exato momento, Madge estivera numa janela, espiando a sua chegada, por trás de uma cortina, na escuridão! Com isso em mente, seu olhar se tornou sombrio, e ele continuou:

— Então, sabia que eu estava do outro lado da parede, no apartamento do seu irmão?

— Não somente sabia, como visitei o apartamento para me certificar de que estava em ordem. E, Rodney, pousei um instante a minha mão no encosto da poltrona da biblioteca, onde sua cabeça repousaria... e rocei com um beijo o seu travesseiro.

— Billy sabia de tudo?

— Billy? Claro. Logo após visitá-lo, veio até aqui me contar tintim por tintim tudo o que conversaram. Eu sabia que você não contaria tudo o que sentia, nem mesmo a Billy, mas não havia perdido minhas esperanças. E já não seria ótimo tê-lo tão perto de mim?

Ela parou, esperando uma resposta que não veio. E continuou:

— No dia seguinte, eu o vi no momento em que saía e quando voltava. Mas queria mais, queria ouvir sua voz. Havia só a parede entre nós, você de um lado, eu de outro. E mesmo assim eu não podia ouvir sua amada voz! Se tivesse podido, ao menos, dar boa noite! Dez anos que não nos desejávamos boa noite! Então, me lembrei do telefone. Billy contou que sempre confundiam o número dele com o do hospital. Pensei, então, que poderia usar esse subterfúgio para falar com você. Ouvir sua voz, mesmo se fosse por telefone! Eu não tinha previsto até onde aquilo me levaria. Billy tinha me dito que você acreditava que eu estava na Índia. Liguei, e então começamos a conversar. Era estranho e comovente dar boa noite, tendo apenas uma parede nos separando.

Ela se calou e continuou a se abanar, com o olhar fixo no fogo.

E, como sempre, nenhuma resposta do homem taciturno, sentado à sua frente.

— Eu não queria ligar a segunda vez — continuou ela, depois de uma pausa de um minuto, no qual esperava que ele aproveitasse para falar. — Mas, no dia seguinte, à noite, exatamente à mesma hora, enquanto eu tocava a "Reverie", um irresistível desejo me fez ligar de novo, era como uma ordem, impossível de desobedecer. Fiz a ligação sem pensar no que falaria. Então tive a ideia de que me passasse de novo o número de telefone do hospital. E depois, Rodney, você sabe o resto. O extraordinário aconteceu: você mesmo insistiu que continuássemos nos falando! Fez que eu prometesse ligar todas as noites. Precisava disso, me falou. A sua necessidade de amizade o trouxe até mim. Como fiquei feliz em aceitar, mas, também, como tive medo de que descobrisse quem eu era! Você quase me descobriu quando propôs que eu falasse "Você está aí?". Quando ficamos em silêncio, julguei que você havia desligado e quase murmurei "Você está aí, meu Roddie?".

Mais uma pausa. Madge, sorrindo ao fogo, tinha, no lado do rosto que ele via, a covinha da qual se lembrava.

— Foi maravilhoso, Rodney, saber que você esperava, todos os dias, a hora em que eu ligaria. Agora não é mais "Você está aí?" e sim "Você está aqui!".

Ela não mencionou o quanto se sentia decepcionada com a atitude dele. Não contou em como imaginava diferente esse primeiro encontro dos dois. Terminou sua fala com "Você está aqui!", com a esperança de que a presença de Rodney trouxesse a tão sonhada felicidade. Para ela, as palavras "você está aqui" significavam os braços de Rodney a abraçando e lhe fazendo juras de amor.

Um longo silêncio. Ouviam-se apenas os barulhos da rua abaixo. Os dois olharam o relógio: marcava dez e quinze.

— Eu não consigo acreditar — falou Rodney bruscamente — que é você a voz doce.

Ela então se levantou, sentou-se à escrivaninha e, com o cotovelo sobre a mesa, levantou o fone do gancho:

— 494 Mayfair, por favor. — Esperou.

Rodney admirou o reflexo dourado de seus cabelos quando ela se inclinou.

— Você está aí?

Sim. Era a mesma voz que ouvia no telefone.

— Ele saiu? Bem, obrigada... Não, não quero deixar recado. Ligo de novo amanhã. Boa noite!

Ela voltou à poltrona.

— Bem, Roddie, viu o que acontece aqui, todas as noites?

Rodney se levantou e ficou de costas para a lareira. Madge continuou sentada, lembrando-se de como ele sempre ficava de pé quando tinha algo importante a dizer.

— Sim, vi — disse devagar — como tenho sido enganado. Mas ainda preciso saber os motivos da dissimulação.

Ela se endireitou num rápido movimento de protesto e, corando, respondeu:

— Ah, Roddie! Enganado? Dissimulação? Não está exagerando?

— Claro que não estou. Fui enganado, pois achei que falava com uma estranha que não sabia meu nome, como eu não sabia o dela. Qual a necessidade de fingir que queria falar com a enfermeira chefe do hospital metropolitano? Então ligou de novo, com o mesmo assunto. Toda ligação dissimulando e me enganando. E o fato de ser você quem me enganou dessa forma torna tudo ainda pior. Billy sabia dessas nossas conversas ao telefone?

— Não, Rodney, ninguém sabia.

— Mas Billy sabia que eu não deveria ser informado que você morava aqui.

— Sim, Billy sabia.

— Mais alguém?

— Sim, a esposa de Billy, que também sabia que não devia falar de mim caso o visse.

— Alguém mais?

— Roddie! Billy e a mulher. Sabiam que não deveriam falar que eu estava aqui até que nos encontrássemos. Não entendo a sua indignação. Não consegue entender que eu não podia vê-lo depois de tudo o que aconteceu entre nós, sem antes saber o que pensava sobre mim? Tinha medo de que nos víssemos e que nada mais do que uma amizade banal crescesse entre nós. Será que teríamos então coragem de tomar o próximo passo? Decidi esperar um pouco, agir com precaução, evitar um encontro às pressas. Tenha certeza de que, se os telefonemas não tivessem surtido efeito, eu teria mandado uma carta pedindo que viesse me ver. Contudo, Rodney, eu não teria ousado abrir meu coração sem saber qual era o seu sentimento. Mas, de toda forma, a sua indignação de agora não anula o que me disse ao telefone. São nessas palavras que confio. E digo que também o amo com todas as minhas forças. Enquanto viver, não poderei dar a nenhum outro homem o amor que tem sido sempre e absolutamente seu.

— Falei há uma hora e repito agora, minhas palavras não foram para você, Madge — respondeu Rodney. — Falava com uma desconhecida que tinha uma voz doce; falava com a mulher na qual tinha depositado toda a minha confiança e não com aquela que se dispunha a se divertir as minhas custas.

— Querido, mas se não disse *para* mim, falou *de* mim. Não consegue perdoar um erro cuja única finalidade era assegurar nossa felicidade? Grandes amores, como o nosso, também já cometeram erros semelhantes.

— Sei muito bem sobre o que fala. Alguns homens podem perdoar serem feitos de tolos, mas eu não sou um deles.

— Muito bem — disse ela, aborrecida, mas, sem mostrar impaciência. — Não vou mais discutir. Cometi um pecado imperdoável. Devo sofrer as consequências. Mas do meu lado, não permitirei que o orgulho, essa coisa pobre, se interponha entre nós. Não quer se sentar de novo e conversar? Temos tanto a dizer um ao outro!

Ele então se sentou, cotovelos sobre os joelhos, o queixo apoiado na mão, fingindo grande interesse.

Madge o observou e viu como ainda era infantil, mesmo sendo um homem feito.

Então falou:

— Rodney — arriscou ela —, vamos falar de *A grande separação*. Por que quis escrevê-lo?

# XVIII
# Toda a verdade

Rodney Steele ergueu vivamente a cabeça frente à pergunta da ex-lady Hilary. Pelos seus olhos passou uma expressão de alívio. Poderia falar francamente e sem rodeios. Voltou olhar para o fogo e suavizou a atitude. Sua voz era doce ao responder:

— Um enorme sofrimento... A dor causada pelo fim do nosso noivado consumiu minha vida como uma doença. De início, minha intenção não era escrever um romance para publicar. Escrevia para consolar meu coração. Quando o livro estava pronto, entendi tudo. Nos meus outros romances, descrevia amores mirabolantes e apaixonados, nos quais eu mesmo não acreditava. Falava sempre de amor e de casamento de forma superficial, rindo de mim mesmo, mas os leitores acreditavam nas ilusões que eu criava. Narrando nossa tragédia, percebi que tinha uma ótima premissa para um romance real como a vida, como nenhum outro. Lancei o livro sob um pseudônimo. Não esperava tanto sucesso. Esperava, sim, que você um dia o lesse e entendesse a extensão de meu sofrimento. Madge, por que disse que era impossível que Catarina tivesse ignorado Valentim, como eu escrevi? Só você tem essa resposta.

Ela o observava com muita tristeza e com ar inquiridor.

— Mas, Rodney, por que não escreveu toda a verdade?

— Eu escrevi, todinha. Claro que troquei alguns detalhes. Transformei o problema que tive no continente Africano em um acidente na Inglaterra. E a enfermeira da África do Sul se transformou em uma enfermeira de uma Casa de Saúde da Inglaterra. E sobre a enfermeira, creio que sabia muito bem que eu não estava bom da cabeça quando escrevi aquelas cartas idiotas; depois de tudo, me pediu dinheiro e partiu.

— Não se lembrava mesmo delas, Rodney?

— Vou sempre me lembrar de minha perplexidade ao vê-la com as cartas na mão, lendo, reconhecendo minha letra. Mas, mesmo assim, não me recordo de ter escrito uma única linha. Não consegui me explicar por conta da situação. Minha única ideia era levar a enfermeira, as cartas e eu mesmo para longe de você, para que parasse de sofrer. Saí de lá sem saber o que fazia, onde estava, quem era ou o que devia pensar. Mas nunca imaginei que não a veria mais. Por que se recusou, Madge, a me receber ou a ler as minhas explicações?

— Não me recusei, Roddie.

— Como? Não se recusou? Não compreendo! Não seria mais honesto confessar que foi por orgulho?

— Não foi orgulho. Apenas sei que meu coração estava partido. O que aconteceu em seguida?

— Depois? Mas eu já disse. A enfermeira queria dinheiro, eu dei. E depois fui consultar um neurologista. Um dos melhores especialistas da área. Foi muito solícito. Disse-me que a perda de memória é muito frequente em hemorragia cerebral, em alguns casos fazendo o paciente esquecer dias, semanas ou meses. Ele perde a lembrança dos acontecimentos passados antes ou durante o problema, ainda mais quando a situação não é tratada a tempo nem tem o tratamento apropriado. Me deu um atestado dizendo que eu não era responsável pelo que havia escrito durante a convalescença; juntei-o à carta que mandei para você e que me devolveu sem ao menos ter aberto.

— Oh! Roddie! Meu pobre Roddie!

— Após o diagnóstico, mostrei à enfermeira, provei o que havia acontecido e falei que devia me devolver as cartas. Recusou-se e ameaçou me processar por quebra de compromisso. Como não tinha a quem recorrer, vendi tudo o que tinha e paguei o que ela exigia para evitar o escândalo, reaver as cartas e conseguir uma declaração dela por escrito para que não pudesse reclamar novamente. E, então, Madge, como você não queria mais nada comigo, parti, e tenho vagado pelo mundo. Tenho escrito muito, tido alguma sorte, mas, na maior parte do tempo, apenas sofro.

— E a enfermeira?

— Não sei, deve ter se casado e estar agora vivendo muito feliz.

— Então acha certo não ter se casado com ela? — disse lady Hilary cobrindo o rosto com a mão.

— Caramba! Claro que sim! — exclamou ele. — Como pode pensar que em algum momento pensei em me casar?

— Porque depois que ela me contou...

— O que ela contou?

— Que vocês deviam se casar, que a honra o obrigava, que ela já era sua mulher e que, se eu os separasse, prejudicaria não apenas ela, mas também o bebê. Ah, Roddie, deve saber o que ela me disse! É por isso que *A grande separação* não é como a vida. Eu nunca teria rompido com você por ciúme, orgulho ferido ou vergonha causados por cartas de amor escritas a outra mulher. Mas quando ela me disse que já era sua mulher, só não tinha o nome, senti que seria um crime querer você como marido. Um ano depois, eu tinha vivido dez anos mais e compreendia melhor a vida. Percebi a duras penas que dois males não fazem um bem e que um casamento sem amor é o pior dos crimes. Quando terminei com você eu era inexperiente e, por moral, o afastei.

Madge falava em voz baixa, as mãos ainda cobrindo o rosto. E então Rodney se levantou, e ela o olhou, seu coração parando de bater por um instante.

Steele tinha o rosto de um assassino. Seu ódio era palpável quando ficava assim, sem falar nada. Ele torcia e retorcia as mãos, procurando destruir qualquer coisa.

— Fique calmo!

Ele mal a divisava através do desespero contra o qual lutava.

— Fale, Rodney! Pouco importa o que diga, mas diga alguma coisa! Faça o que quiser! Mas fale!

Ainda sem falar, mas gemendo, afastou-se dela e se aproximou da janela. Puxou a cortina e encostou a fronte no vidro, contemplando a noite.

No silêncio trágico do aposento, o relógio da lareira parecia muito barulhento; os sons da rua pareciam ameaçadores.

Madge se sentou de novo e esperou.

Nenhum dos dois podia saber se minutos ou horas haviam se passado. Por fim, ela ouviu o fechar das cortinas. Ele se aproximou, sentou à sua frente, se inclinou e olhou bem dentro dos olhos dela.

— Isso é tudo mentira, Madge. Não há um pingo de verdade em toda essa história.

— Ah, Rodney... — murmurou ela.

Eles se observavam, e o vestígio dos sofrimentos suportados durante esses dez longos anos cingia seus rostos — ele, a sua solidão; ela, pior que a solidão —, e a dor que sentiram nesse instante não poderia ser dita em palavras.

Depois, ela continuou bem baixo:

— Rodney, tem certeza? Não se esqueceu, como aconteceu com as cartas?

Ele respondeu:

— Não me esqueci de nada. Além do mais, tenho a declaração da enfermeira de que não devo mais nada a ela. Tudo o que me pediu está descrito na declaração. Caramba, Madge — bradou ele, com uma violência súbita —, nunca perdoarei aquela mulher.

— Vamos nos consolar pelo nosso amor ter sobrevivido à catástrofe. E, para o futuro, vamos sempre conversar, firmando nossa confiança. Conclusão: meu noivo não foi culpado senão por ter escrito a uma outra mulher, que não eu, uma dúzia de cartas de amor, e não estava em suas faculdades plenas quando o fez. E eu rompi com você induzida por um erro e levada a acreditar que não podíamos mais nos casar. Ainda podemos recuperar o tempo perdido; somos novos. — Sorriu, hesitante. — Não podemos esquecer as tristezas do passado e encher o futuro de felicidade?

Ele se levantou, o olhar triste:

— Tenho vergonha de dizer, Madge, mas essa felicidade chega muito tarde para mim. Não desejo mais o que desejava tão desesperadamente há dez anos. Amo minha liberdade, minha vida que me possibilita uma hora estar aqui e depois, lá, sem consultar ninguém. Eu sou senhor do meu destino, como o capitão do meu amor. Não sirvo mais para outra coisa, a não ser viajar ao encontro de minhas histórias. Além disso, não sou digno de oferecer o que você merece. É preciso que eu siga meu caminho e continue minha obra. Ela não vale grande coisa. Os críticos tinham razão: *A grande separação* não é a vida real.

Ela respondeu com coragem, se questionando se teria ainda força para suportar a negativa:

— Não fale assim, Roddie. Escreveu sobre a vida, sobre o que acreditou ser real. Tinha razão afirmando que o seu fim era o único possível. Agora é preciso que vá embora.

Ele a olhou com os olhos cheios de pesar.

— Madge, posso fazer uma última pergunta?

— Pergunte o que quiser.

— Por que se casou com Hilary?

— Agi muito mal a seu respeito — respondeu ela gravemente. — Embora só tenha entendido mais tarde. Procurei me redimir sendo paciente pelos nove anos seguintes. Casei com Geraldo porque achava que não podia ficar solteira. Tinha medo de ir atrás de você. Fui vítima de mim mesma.

Ela então se levantou e caminhou até o outro lado do cômodo:

— Roddie, você precisa ir embora.

— Até mais, Madge. Será que nos veremos só daqui a mais dez anos?

— Acontecerá quando você quiser. Eu estou aqui. Se sentir necessidade de me ver, sabe que aqui estou. Se te fiz sofrer no passado, agora entende os motivos. Espero não ser mais razão de dor para você. Nem meu orgulho nem minha tristeza te causarão sofrimento novamente. Se quiser, estou aqui. Se não, não quero que fique. De qualquer forma, nossa conversa não foi em vão. Boa noite, Roddie! Sabe o caminho da saída.

Ela estendeu a mão com um gentil sorriso de despedida.

Rodney conservou-se diante dela, humilde, um pouco confuso.

— Madge — disse ele —, não posso apertar sua mão. Estou muito magoado. Não me julgue mal, embora eu mesmo o faça depois de tudo o que ouvi. Mas, se te tocar, nem que seja apenas a mão. Se te tocar, Madge, não conseguirei ir embora.

— Então sem cumprimentos. Boa noite!

Ela virou as costas e foi em direção à lareira.

Ele saiu da sala, sem saber como, e fechou a porta atrás de si. Assim que ouviu o clique da porta trancando, sentiu que se separava de Madge para sempre.

Deteve-se ao batente. Teria forças para ir embora? Queria muito estar com ela, mas não unicamente com ela. Sofria muito, mas ela não ocupava mais o primeiro lugar em sua vida.

Rodney ficou parado na porta do apartamento de Madge, lutando consigo mesmo. Não podia dar a ela o segundo lugar quando ela merecia o primeiro.

Enquanto esperava, imóvel, alguém deu duas voltas na tranca da porta.

Tentou chamar ela pelo nome, mas nenhum som saiu de seus lábios. Bateu à porta, mas ela já estava longe.

Rodney desceu lentamente a escada. Já havia recebido a resposta.

Diante da porta do apartamento de Billy, pegou a chave, abriu e entrou.

Jake e sua mulher deviam estar dormindo. O fogo na lareira dava um ar confortável à casa. E, no entanto, Rodney se sentia mortalmente triste.

Aproximou-se do telefone, olhando-o com rancor, pois fora o aparelho que havia estragado tudo. Sem ele, não teria sido enganado. Mas não era hora de lamentar!

Perturbado, não viu com que cuidado Jake e sua mulher haviam disposto na mesa um lanche e sua bebida. Não tinha nem mesmo coragem de fumar seu cachimbo. Sentia que perdera tudo, inclusive a voz doce e o anseio diário pela conversa ao telefone. Tinha perdido Madge e a fé ao mesmo tempo. *A grande separação.* Isso era ainda mais cruel.

Foi deitar, apagou a luz, e, uma vez na cama, virava e revirava sem encontrar sossego. Madge, do outro lado da parede, devia pensar que ele era rude, ingrato. Madge, que tinha aguardado a sua volta com tanta esperança! Ela própria tinha vindo até seu quarto para se certificar de que aqui nada faltava. De repente, na escuridão, se lembrou das palavras de Madge... Tomou seu travesseiro, deu um suspiro de alívio e enterrou a cabeça na maciez da pluma. Ele devia ter achado o que procurava, porque, em dois minutos, dormiu.

# XIX
# A viúva do Bispo

A senhora Bellamy passou a Rodney a terceira xícara de chá.

— Me conte de novo tudo o que fez para encontrar essa mulher — disse ela, sentando-se confortavelmente na larga cadeira e olhando o jovem com uma expressão que mostrava um profundo conhecimento sobre como arrancar histórias das pessoas.

— Procurei por todos os lados — respondeu Rodney. — Estive agora mesmo na esquina onde a encontrei da outra vez. Percorri as ruas vizinhas, visitei as praças... mesmo as igrejas. Busquei em meio às pessoas que lotavam os armazéns, no momento das compras do Natal, em na rua Oxford, na Regent e na Piccadilly. Vaguei pela multidão na rua Bond Street. Andei por toda a parte, sem sucesso. Voltei com os bolsos cheios de caixas de fósforos comprados de todos os vendedores que encontrava para poder perguntar sobre ela. Ninguém tinha visto a mulher. Até que um senhor que varre perto de onde ela trabalha me disse que a conhecia. A viúva tinha passado ali logo depois de mim. Falou que ela chorava quando passou e dizia "Lar! Sim, o lar!". Quando passou pelo varredor deu a ele uma de suas caixas de fósforo. Veja que coração bom tem a viúva, dar o que não tem para quem tem menos ainda.

A viúva do bispo sorriu:

— Meu esposo bispo tinha a mesma cortesia com os mais pobres e os tratava com muito sentimento.

Rodney se sentiu feliz na companhia da senhora Bellamy. Estar ao lado de uma pessoa tão simpática havia feito com que recuperasse um pouco da confiança que tinha perdido no dia anterior. Além do mais, a forma como o tratava era muito lisonjeira.

Alegremente, ele contou das suas viagens, das experiências em diversos países, mas falava sempre com modéstia de si e dos seus livros quando a esposa do bispo tocava nesse assunto.

O falecido bispo era um fã dos romances de Rodney. Achava seu estilo vigoroso; havia riqueza nas descrições e um profundo conhecimento dos países. Havia lido muitos de seus romances à senhora Bellamy, durante as férias. Era provavelmente por essas recordações que a viúva se mostrava tão feliz com a visita do autor.

— Preciso encontrar a viúva para saber onde ela está e se tem ainda necessidade de auxílio. Não é por filantropia; é pura curiosidade. Queria tê-la encontrado de novo. Quando eu saía essa manhã e pensava qual caminho tomar para iniciar minhas investigações, um automóvel saía do portão vizinho. No carro havia uma viúva. Sei que era viúva, pela cor preta de suas roupas, mas não guardava luto completo. Trazia um xale de veludo preto adornado de pele e enfeitado por um ramalhete de flores. Sorriu para mim quando o carro passou. Acredita que a encontrei por mais duas vezes esta manhã? A primeira no parque e a segunda na rua Bond. Toda vez ela me cumprimentava e sorria. Fui ficando incomodado, porque a viúva que queria encontrar, e para qual eu poderia ser útil, não encontrei. Assim é a vida!

— De xale de veludo e com um ramalhete? — perguntou a senhora Bellamy, arqueando as sobrancelhas. — E o automóvel saiu do portão aqui do lado? Acredito que era Madge Hilary. Cumprimentei-a às quatro da tarde, quando cheguei. Lembro-me de que estava vestida de veludo preto, com um ramalhete na gola de pele e um gorro também de pele sobre os lindos cabelos castanhos.

— Seria então lady Hilary?

— E o senhor ainda correu o risco de vê-la hoje pela quarta vez. Disse a ela que o senhor viria tomar chá aqui e convidei-a a ficar; ela se recusou, pois já tinha compromisso. Madge Hilary é encantadora. Tenho muita afeição por ela.

— A conheci no passado...

— Antes que ela se casasse?

— Sim, antes que se casasse.

— Ah! Esse casamento! Uma verdadeira tragédia! O senhor achou há pouco que o veludo, as peles e as flores eram muito leves para uma viúva. Pois eu, que guardo o luto rigorosamente, digo com franqueza: não censuro Madge Hilary por não trazer o luto fechado. Ela com certeza deseja esquecer os anos de penúria, senhor Steele. Ela passou por anos abomináveis.

— Por quê?

— Não posso compartilhar dos detalhes. Lorde Hilary era primo de meu marido. Sei, então, de muito que as pessoas nem sonham. Ele usava drogas muito antes do casamento. Não creio que o bispo daria permissão para que eu contasse mais. Além disso, tudo está acabado. Ela venceu a provação; sua paciência e seu devotamento para com o seu deplorável marido foram extraordinários. Nós a conhecemos apenas depois do seu casamento com Geraldo. Falou que a conheceu quando era jovem?

— Madge é minha prima de segundo grau, senhora Bellamy. Mas não nos falamos há dez anos.

— É preciso manter contato com a família. Ela admira muito as suas obras. A propósito, um livro que acabo de ler e que me encantou foi *A grande separação*, escrito por... Veja para mim o nome do autor, senhor Steele. Não tenho mais memória dos nomes e perdi meus óculos.

Steele pegou o exemplar das mãos e leu o nome do autor:

— Max Romer. Sim, conheço muito este romance.

— Gostou dele?

Rodney fechou o livro e colocou-o na mesa.

— Acredito — respondeu ele — que o autor disse com sinceridade o que tinha a dizer. Mas o acontecimento principal não é verossímil. Sua Catarina, tão inteligente, tão nobre, não teria rompido o noivado apenas por ter ele escrito uma dúzia de estúpidas cartas de amor a outra mulher. Era necessária uma razão mais forte para o término, para recusar-se a recebê-lo e escolher se casar com outro homem.

— Ah, não concordo com sua opinião, caro Steele. É muito natural que uma moça agisse como Catarina agiu. Tenho certeza de que foi enganada pela enfermeira, de que esta a convenceu que tinha mais direito ao casamento do que ela. A única coisa que restou foi deixar o noivo livre. Também tem a questão da causa médica; ela precisaria ser da área de saúde para entender as consequências do acidente.

— Acredita nessas consequências?

— Eu sei que são possíveis. Aconteceu exatamente a mesma coisa com o bispo. Nada de cartas de amor! Graças a Deus, não. Mas a perda da memória, após uma hemorragia cerebral... Meu marido e o vigário estavam no carro. Voltavam de longas cerimônias da crisma e meu marido estava muito cansado. Com a estrada livre, ele tirou o chapéu e cochilou. O carro quase caiu em um buraco, e o motorista desviou. A cabeça do bispo bateu violentamente no forro do automóvel, o que causou uma hemorragia cerebral, na base do crânio. Meu marido ficou muito mal durante semanas e ainda teve efeitos dessa hemorragia durante mais de um ano. Poucas pessoas sabem disso, mas ele sentia a cabeça oca e, em algumas noites, não se lembrava do que tinha acontecido durante o dia. Melhorou depois de um repouso extenso, no qual lemos juntos muitas de suas obras.

— Então a senhora gostou de *A grande separação*?

— Gostei. Mas não do final. Não gostei que o romance acabou na tristeza, na amargura, sem esperança, sem ideal.

— É a vida! — disse Rodney com melancolia. — A vida faz o homem perder a confiança no amor.

— Ah, não — bradou a viúva do bispo, o olhar cheio de fervor. — A vida, com alegrias e sofrimentos, se aceitos com prudência, não é penosa. Contei como o bispo lidava com os problemas?

— Me conte.

— Ele os enfrentava recitando sua passagem favorita.

— Qual? — perguntou Rodney gentilmente.

O rosto se iluminou e ela contemplou com ternura a fotografia do falecido.

— "Deus é amor" — disse ela com voz comovida.

— Conheço essa passagem — disse Rodney. — Quando eu era pequeno, minha mãe tinha o hábito de escolher os textos para mim. E eu os marcava com picadas de alfinete. Mais tarde, no domingo, ela me dava uma passagem para escrever, e eu tinha que devolver à hora do chá. "Deus é amor" era a minha favorita, pois era curta.

— É curta — disse a viúva, enxugando os olhos. — Três pequenas palavras. E, no entanto, guarda a melhor consolação. E é através dessas três palavras que devemos sempre encarar a vida. "Deus é amor".

A viúva ficou em silêncio. As três palavras não tinham a mesma força para ele. Para ela, era o resumo da religião.

— Você fala sobre acontecimentos que causam sofrimento. Vou contar a você sobre o que aconteceu com minha família onde a frase: "Deus é amor" nos impediu de cair em desespero. Foi antes de meu marido ser nomeado bispo. Ele era reverendo em Surrey. Tínhamos três filhos, duas meninas e um menino: Griselda, Irene e Lancelot. Uma terrível epidemia de escarlatina e difteria tomou conta da cidade. Todas as famílias conheceram a aflição e o luto. Agora é uma doença controlada, mas há quarenta anos, quase todas as crianças morriam. Ajudamos todos na cidade; meu marido sendo reverendo, e justamente quando os casos diminuíam, nossos três filhos contraíram a doença. Senhor Steele, em quinze dias perdemos os três. Lancy foi o último. Quando ele morreu nos meus braços, achei que morreria junto. Minha dor e meu desespero pareciam maiores do que eu conseguiria suportar. Um dia, em uma linda noite de verão, eu soluçava, e meu marido me tomou nos braços, junto ao seu coração sem falar nada. Finalmente disse: "Minha querida, precisamos nos agarrar a algo para aguentar a dor. Esse algo consiste em três palavras: "Deus... é... amor". O quarto das crianças permaneceu vazio. Três túmulos no cemitério da cidade trazem os nomes da Griselda, Irene e Lancelot e, em cada um deles, a frase inscrita: "Deus é amor". Nossos corações retomaram a paz através da fé.

Steele contemplava o rosto daquela mãe. Compreendeu que as três palavras realmente haviam regido sua vida.

Respondeu a ela com doçura e compaixão. Estava profundamente comovido e disse que ganhara naquele dia uma amizade para a vida toda.

— Gosto muito de pensar que estamos no mesmo prédio — disse ela. — Seu apartamento fica bem em cima do meu. Vemos o mesmo pôr do sol e a torre da igreja Marylebone.

— A igreja dos Browning? Leu as cartas de amor que escreveram um para o outro?

— Claro! Li com meu marido. Nenhuma ficção é tão comovente como o amor vivido por esse casal de poetas. Mas, diga-me, será que o casamento deles se realizou, de fato, na igreja de Marylebone? Em *Vida de Browning* citam a igreja Saint-Panoras.

— Eu sei — continuou Rodney —, mas é um erro. Vi a assinatura deles nos registros da igreja de Marylebone.

— Também queria ver! Vai comigo algum dia?

— Com muito gosto.

— Quando?

— Quando a senhora quiser. Amanhã ao meio-dia?

— Sim, amanhã. Combinado.

— Entendido. Passarei para pegar a senhora.

— Está bem. Até logo.

Subindo ao apartamento de Billy, Rodney dizia para si:

— Não sei se a frase do bispo é verdade, mas a verdade é que sua viúva é amor. Ela vive segundo essa crença, e fico feliz que Madge a tenha como amiga.

# XX
# Rodney enfrenta a situação

Rodney não tinha a intenção de passar a noite em casa. Depois de seu segundo encontro com Madge, na rua Bond, tinha escolhido um espetáculo para assistir mais tarde. Assim não precisaria pensar.

Ainda assim, às nove da noite, encontrava-se confortavelmente instalado na sua poltrona, o cachimbo à boca, mas sem vontade alguma de se divertir; em vez disso, estava decidido a encarar de frente sua situação.

De manhã, ao acordar, tivera a impressão de que os acontecimentos da noite anterior não passavam de um sonho.

Enquanto se barbeava e se vestia, ficou assobiando, como que para impor silêncio a uma certeza que vira e mexe voltava:

— Tive um pesadelo horrível, horrível.

Mas na hora do almoço, Jake o avisou que uma senhora telefonara dizendo:

— Você está aí?

E que, quando Jake respondera que Steele tinha saído, ela não deixara recado, dizendo que ligaria no dia seguinte.
— O que quer dizer hoje — acrescentou Jake.

— Hoje! Ela ligará outra vez! Talvez ligue! Tolo, sei que não ligará! Cometi o erro que nenhuma mulher perdoa: recusei o seu amor, recusei amor da única mulher que amei e desejei...

Ele mesmo tinha dado as costas às portas do paraíso. Não podia culpar a mais ninguém.

Seguiu analisando o que tinha feito no resto do dia. Almoçou cedo, ficou observando a janela, aguardando o nascer tardio do sol, contando folhas que pendiam das árvores.

Olhou para a esquerda e seus olhos detiveram-se na janela de Madge. Viu o exato lugar onde esteve parado na noite anterior, lutando contra a fúria.

Pela primeira vez desde que havia chegado, as cortinas do apartamento de Madge estavam abertas. Ele via a escrivaninha dela, sobre a qual brilhava uma grossa régua de marfim. Tinha notado essa régua na noite passada. Ficou sentado, lembrando de tudo à luz do fogo, suas grandes mãos bronzeadas crispando-se, apertando-se uma contra a outra.

— Nunca perdoarei a enfermeira.

Depois, lembrou-se do terno apelo que Madge lhe havia feito, de abrir seu coração e abrandar sua dor, embora as palavras fossem duras de ouvir. "Não sofra!"

Era uma mulher que amava verdadeiramente!

E ele havia se afastado sem responder! Mesmo com raiva, não pronunciara nada ofensivo. Mas o que tinha feito para evitar que Madge sofresse? E não tinha dito nem uma única palavra que fosse para suavizar toda a explicação que ela dera. Como ela tinha sido paciente, corajosa e amorosa! Enquanto ele só soubera repreender, censurar e depois ir embora.

Mais calmo, sentia-se confuso e arrependido ao se lembrar mais uma vez do que havia acontecido aquele dia.

O céu cinzento se coloriu de amarelo pálido entre a floresta das chaminés. Em seguida, o sol, no ar úmido, apareceu enorme e vermelho, para então empalidecer, à medida que subia para o céu de inverno.

Então Rodney se sentiu como uma criança à vitrine de doces quando avistou Madge, espreitando também o nascer do sol.

Uma calma indizível emanava dela. Os raios do sol nascente douravam seus cabelos. Madge não se virou nem olhou para sua janela, mas, enquanto Rodney a observava, ela apoiou a cabeça no exato local em que ele apoiara na noite anterior.

Como parecia estar longe!

Seu rosto esquentou de vergonha pela maneira que a tinha tratado.

Afastando-se da janela, tentou voltar ao trabalho.

A necessidade de ação o havia levado a sair em busca da vendedora de fósforos. E acabara encontrando a ex-lady Hilary três vezes!

Como estava linda sentada em seu carro! E o sorriso! Nos outros dois encontros, dispensara a saudação e apenas sorrira em sua direção.

Mas Steele se perguntava com ansiedade se, com o passar do tempo, ao lembrar-se da injustiça que sofrera na véspera, os sentimentos de Madge não acabariam por mudar.

Se mudassem, ele poderia colocar um fim naquilo a qualquer momento. Era senhor do próprio destino, e sua liberdade não dependia de ninguém! Não tinha mais que deixar Londres, a Inglaterra e nem mesmo a Europa.

E de quem Madge recebera a flor com que se enfeitara pela manhã? Talvez de Billy. Mas de que importava?

O gorro que havia coberto os cabelos castanhos de Madge era do agrado de Rodney. Mas não era um chapéu de viúva. Qual seria a razão de senhora Bellamy ter indagado: "Por que Madge conservaria o luto?"?

Provavelmente se casaria de novo. Ela havia, de fato, esperado o retorno dele. Mas não tinha sido ele quem dissera que não queria casamento? Devia certamente haver vários pretendentes para consolar uma mulher tão sedutora como Madge.

A ver casar pela segunda vez doeria menos, com certeza.

Rodney errou os dentes e tentou admitir a verdade: dessa vez seria pior.

No passado era jovem. Agora, já se aproximava dos quarenta. E ela estava mais bonita, mais atraente do que nunca.

Mas não queria tê-la sempre ao seu lado, não queria sentir-se preso.

Por que não conseguira casar com ela quando era jovem, e assim seguir a desejando por toda a vida?

Agora, por sua culpa, havia perdido tudo, mesmo o reconforto da voz doce. Não ousava mais esperar que ligasse para ele.

O sorriso de Madge fora amigável, mas o orgulho logo mudaria sua disposição.

Aproximou-se da sua mesa e reiniciou o trabalho que havia começado de manhã.

Às dez e quinze o telefone tocou.

Ele pegou o fone.

— Você está aí?

Era a voz de Madge.

— Sim — disse ele.

— Boa noite, Rodney.

— Boa noite, Madge.

Ele esperou alguns instantes. Depois:

— Diga, Madge — murmurou ele com voz comovida.

Não houve resposta.

Ela havia desligado o telefone.

Rodney colocou o fone no gancho.

Ela mantivera sua promessa de ligar por seis noites consecutivas.

# XXI
# Por que não?

No dia seguinte, Steele, cumprindo a promessa, foi buscar a senhora Bellamy para levá-la à igreja de Marylebone.

Na sacristia, procuraram o registro do ano 1846, no qual em 12 de setembro fora registrado o casamento dos dois poetas.

Admiraram a assinatura enérgica de Robert Browning. Por baixo lia-se "Elisabeth Barret Multon Barrett", com uma firme, delicada e tímida letra, exprimindo a emoção da noiva por casar-se com o seu poeta.

Depois dessas duas assinaturas, seguia-se a da criada de Elisabeth Barrett, única confidente, Elisabeth Wilson, e a de James Silverthone, primo de Robert Browning, cuja recompensa era ter seu nome, para sempre, associado ao de Robert e Elisabeth Browning.

Rodney estava muito feliz pela alegria da senhora Bellamy.

Deixando a igreja, desceram a rua Wimpole e observaram a fachada da casa que trazia o número 50. A senhora Bellamy queria pedir para subir ao segundo andar e aí visitar o lugar onde Elisabeth Barrett vira pela primeira vez Robert Browning e onde os dois poetas frequentemente se encontravam.

Steele lhe assegurou que já havia tentado, em vão. Mas que achava digno que os donos da casa não deixassem o lugar se transformar em passeio público.

A senhora Bellamy ficou surpresa; nunca pensou que a visita não seria autorizada.

Finalmente, resignou-se e dirigiu um último olhar à placa comemorativa na fachada do número 50. Procurou depois ver a esquina da rua, onde Elisabeth Barrett e sua criada tomaram um carro para ir à cerimônia do casamento.

Ela também quis passar diante da farmácia, onde foram obrigados a levar, à saída da igreja, a recém-casada desfalecida.

Após as visitas, a viúva do bispo e seu amigo voltaram a Regent House. Seguiram assim o mesmo caminho percorrido por Elisabeth, indo em segredo da casa de seu pai à igreja para se casar.

A senhora Bellamy convidou Steele para lanchar. Terminado o lanche, passaram a conversar.

Então ela falou de como fazia falta a leitura que seu marido costumava fazer em voz alta — ainda mais agora, que a vista enfraquecera.

Steele pensou em oferecer à senhora Bellamy para ir ler para ela de tempos em tempos, mas julgou que a proposta fosse indecorosa, e desistiu.

— Gostaria que viesse jantar comigo amanhã, senhor Steele. Madge Hilary estará conosco e, a não ser que queira trazer algum convidado, seremos só nós três. Será um jantar íntimo para depois conversarmos. Não é uma excelente ocasião para voltarem a se falar? Pediremos que Madge toque algo no piano. O jantar será servido às oito. Posso contar com o senhor?

Rodney considerou se poderia se encontrar com Madge para jantar, passar a noite com ela ao lado da viúva do bispo. Conseguiria sentar perto de Madge, observá-la, conversar com ela? Poderia cumprimentá-la, apertar sua mão ao chegar? Se pedisse que tocasse piano, será que ela começaria pela "Reverie"? Será que ele suportaria?

A cada uma destas perguntas, que atravessaram seu espírito, sua paixão respondia:

— Por que não? Por que não? Por que não?

A senhora Bellamy não notou a hesitação.

— Então estamos combinados — disse ele. — Estarei aqui. Agora, preciso ir. Tenho reuniões na cidade, uma às três e meia e outra às quatro. Depois janto no Ritz, com uns amigos que conheci quando estava nos Estados Unidos. Depois veremos uma peça.

— Eu nunca vou ao teatro — disse a senhora Bellamy. — Depois me conte o que achou da peça.

— Certamente — respondeu Rodney. — Nos vemos depois.

Assim que a porta de entrada fechou, a viúva do bispo se dirigiu ao retrato do falecido e murmurou:

— Você teria gostado dele, meu querido. Um rapaz tão bonito! Mas não é feliz... Não está contente... Alguma coisa está errada. Algo está faltando! Acredito que Madge será de grande ajuda. Ela é tão inteligente, tão alegre!

# XXII
# Fiel à sua promessa

À noite, quando o relógio marcou dez e quinze, o telefone tocou.

— Você está aí?

— Sim, estou — disse Rodney —, mas não deveria estar. Jantei no Ritz com meus amigos estadunidenses; ótimas pessoas. Após o jantar, fomos ao teatro. Às dez, inventei uma desculpa, peguei um táxi e vim para cá. Devem ter achado que estou louco, e eu mesmo tenho minhas dúvidas. A peça era bem boa.

— É a primeira vez que assiste um trabalho de J.M. Barrie?

— Sim. Mas como sabe que estava vendo uma peça dele?

— Porque saí do teatro dois minutos depois de você. Percebi que ficou inquieto, olhando no relógio, até que saiu. A peça é realmente ótima. Vamos voltar, então, para assistir aos últimos atos. Conseguirá me ver se erguer a cabeça. Estou num camarote, à esquerda. Boa noite, Roddie.

— Boa noite, Madge.

Pegou o paletó e o chapéu e saiu correndo.

Quando ia fechando a porta, ouviu o telefone tocar e voltou.

*Provavelmente ela tinha mudado de ideia sobre voltar ao teatro e preferiu ficar conversando comigo*, pensou Rodney. Chegou ao vestíbulo antes que Jake tivesse tempo de alcançar o telefone.

— Pode deixar, Jake. Eu atendo.

Pegou o fone do gancho.

— Alô! Sim, Madge.

— Posso falar com o Dr. Brown? — perguntou uma voz feminina desconhecida.

— Não, não pode — respondeu Rodney. — Ele está de folga. Viajou junto com a enfermeira-chefe em um aeroplano.

— Em quê?

— Um aeroplano.

— Pode soletrar? — pediu a voz desconhecida, perplexa.

— A-e-r-o-p-l-a-n-o — bradou Rodney, desligando o telefone.

E desceu a escada de três em três degraus.

Uma noite tão feliz, nada mais justo que o Dr. Brown e a enfermeira-chefe se divertissem um pouco também.

Uma noite tão linda de inverno, a lua esplêndida no céu, cenário perfeito para um passeio de avião...

Quando descia a escada, o automóvel de Madge passou pelo portão, indo em direção ao teatro.

Rodney parou um táxi.

O escritor voltou ao seu lugar na plateia.

Madge estava sentada no camarote, calma e serena, como se não tivesse deixado o seu lugar ao fim da representação do ato.

Mas, quando os seus olhos encontraram os de Rodney, deu um sorrisinho alegre de cumplicidade.

Tinham agido como duas crianças! Ir até em casa para se darem boa noite pelo telefone! Claro que, se a tivesse visto no teatro, não teria voltado para casa e esperado o telefonema. Mas como poderia deixar que Madge ligasse com ele não estando em casa?

Olhou de novo para o camarote.

Dessa vez Madge não olhou para ele. Observou-a então mais atentamente.

— Caramba! Como é linda! E tem uma flor atada à cintura.

Não poderia ser Billy quem estava dando essas flores. Era provavelmente algum pretendente que achava possível conquistar uma mulher como Madge, apenas com esse pequeno gesto.

— Parece uma rainha ali, sozinha em seu camarote!

E aquela rainha tinha voltado para casa para lhe dar boa noite, com sua voz doce e vibrante, apenas para cumprir a promessa que havia feito a ele.

Ficava feliz que, mesmo estando tão afastados fisicamente, havia esse elo entre eles.

Madge virou a cabeça para responder a alguém que conversava com ela, do fundo do camarote.

Nesse instante, as luzes se apagaram e o pano se levantou.

Rodney foi envolvido pela peça, mas não demorou a lançar outro olhar para o camarote.

Um homem estava sentado perto de Madge agora. Ambos se inclinaram para ver melhor. Suas cabeças se aproximaram. Rodney não podia distinguir o rosto, mas percebeu a mesma flor de Madge na lapela de seu paletó.

— Curtiria mais a peça se meu coração estivesse livre — disse para si mesmo.

Afinal, depois de tudo que acontecera, o que importava um bando de homens, todos de flor na lapela, no camarote de Madge? Não importava!

Que fim miserável para um dia tão feliz.

# XXIII
# A verdade através do espelho

No dia seguinte bem cedo, Billy ligou para Rodney para o avisar que ele e Valéria estavam indo para Londres e que chegariam perto das quatro da tarde para tomar chá com ele. Valéria estava ansiosa para conversar com ele.

— Por favor aceite, amigo — acrescentou Billy. — Minha esposa está empolgada com a conversa e não anda muito bem. Nada preocupante... Quer dizer, nada grave. Mas ela não pode ser contrariada.

Era possível perceber a ansiedade na voz de Billy.

— Claro que estarei. Nos vemos às quatro — respondeu Rodney.

— Combinado. Escute, Rodney, não fale nada com Valéria sobre o que eu disse, da minha preocupação. Ela não gosta que eu fale sobre isso.

— Não se preocupe. Mas me diga, Billy, não é nada contagioso? Não posso ficar doente — brincou Steele

— Pare de graça — replicou Billy, mais alegremente. — Nada grave. Quero apenas que gostem um do outro, portanto, não a aborreça.

— Não costumo tratar mal quem me hospeda, ou quem eu acabo de conhecer, ainda mais pessoas delicadas, que podem estar com caxumba.

— Não é caxumba — respondeu Billy, divertido. — Não fale de caxumba perto de Valéria...

— Fique sossegado, não vou falar nada. Afinal, me contou da caxumba em confidência...

Billy desligou o telefone.

Um pouco antes das quatro horas da tarde, uma chave foi introduzida muito suavemente na fechadura da porta de entrada. Lady Valéria entrou no apartamento, fechou sem ruído a porta atrás de si, e Rodney levou o maior susto da sua vida.

Um grande espelho pendia da parede do vestíbulo, que ficava à direita da porta da entrada, e era possível ver o reflexo desse espelho da lareira da sala, onde, por um acaso, Rodney se encontrava.

Foi através desse espelho que o romancista viu lady Valéria pela primeira vez.

A mulher de Billy se olhava ao espelho com prazer. Abriu uma bolsinha de ouro que pendia do seu punho esquerdo, pegou o pó de arroz e passou no rosto, depois, alisou os cabelos. Então, aproximou-se ainda mais do espelho e sorriu com um sorriso que continha ao mesmo tempo admiração, condescendência, interesse, amabilidade e presunção.

Rodney, de pé no tapete da lareira, observava-a petrificado.

De repente, quando ela treinava seu sorriso de cordialidade diante do espelho, encontrou o olhar do autor, percebeu que não estava só no apartamento e que ele havia presenciado toda a encenação. Uma expressão de cólera tomou seu semblante. Rodney entendeu que, se um olhar matasse, ele já estaria mortinho da silva.

Lady Valéria logo se recompôs, mudando o semblante. Mas Rodney sabia que havia visto sua verdadeira natureza.

Ela se virou e graciosamente se dirigiu a ele com o sorriso que havia encenado em frente ao espelho.

— Meu caro senhor Steele, como é agradável conhecê-lo enfim!

Rodney tomou as mãos que lady Valéria estendia efusivamente e a cumprimentou.

Lady Valéria era pequena, miúda, frágil e parecia flutuar. Os cílios longos não requeriam nenhum auxílio de pintura. Seus cabelos pretos ondulados estavam modestamente repartidos e enquadravam um rosto oval perfeito. Seus grandes olhos pretos guardavam o mistério. Suas mãos estavam posicionadas de um jeito felino, como se, com os dedos pontudos e ágeis, ela quisesse arrancar o coração de um homem, brincar, e depois rejeitar quando estivesse quebrado.

Seu perfume era de violeta, mesmo tendo à cintura um ramalhete de cravos.

Steele entendeu de imediato o que pretendia com a combinação nada usual entre o perfume e as flores. Se estivesse perfumada de cravos, traria violetas.

Logo que a viu, pensou que parecia muito jovem. Em seguida, repensou a avaliação, concluindo que era mais velha do que ele tinha imaginado.

Enquanto falava, ela se aproximou tanto que ele seguiu em direção ao fogo, tendo a sensação de que a qualquer momento seria atacado por suas garras.

— Vamos à biblioteca — disse lady Valéria. — Só tomaremos chá às quatro e meia. Mandei Billy no apartamento ao lado, assim conversamos só nós dois. — O sorriso se tornou maligno. — Não é possível ter uma conversa inteligente com Billy ao lado.

Steele a acompanhou até a biblioteca.

— Não concordo com você, lady Valéria. Billy é uma das pessoas com as quais mais gosto de conversar.

Ela se afundou numa poltrona, olhando-o com zombaria:

— Realmente, senhor Steele, o senhor se contenta com pouco.

— Billy é meu amigo — disse Rodney num tom seco.

A mulher de Billy rompeu a rir.

— Não seja tão severo. Eu estava fazendo graça.

— Fico aliviado, lady Valéria.

Ela se acomodou na poltrona e cruzou as pernas elegantes, pegou um cravo de sua cintura e o levou ao rosto.

Rodney supôs que essa pose também tinha sido estudada diante do espelho.

— Caramba! Coitado do Billy — murmurou Steele.

A mulher diante dele era perigosa, desprovida de consciência, e astuta.

Caramba, Billy! Confiar seu coração honesto e afetuoso a essa fera, escolher essa diabólica criatura para ser dona de seu destino e mãe de seu futuro filho!

— Sente-se — disse ela indicando-lhe uma cadeira, onde pusera o cravo. — Muito bem! O que vamos primeiramente discutir, senhor Steele? Sobre as suas obras *tão* interessantes ou sobre *A grande separação?*

— Não tenho vontade de conversar sobre nenhum desses assuntos, lady Valéria.

— Mas que coisa. O senhor é muito modesto. Ou talvez seja invejoso.

— Como?

— Modesto, pelas suas próprias obras, e invejoso de Max Romer.

— Não tenho inveja de Max Romer. Apenas não gosto.

— Não gosta? O senhor? Não gosta do autor do livro que tem obtido o maior sucesso da temporada? Por quê?

— Porque — respondeu Steele, olhando lady Valéria bem de frente — o principal acontecimento do romance não se teria ocorrido na vida real da forma como foi contado. Depois que percebi essa falha, o livro perdeu o valor, a meus olhos.

— Que coisa! Está bem; mas minha impressão é completamente diferente. Esse livro é a própria realidade, ou então, permita-me dizer, Max Romer não o teria escrito.

— Não creio que a senhora esteja em situação de afirmar que Max Romer teria feito ou deixado de fazer...

Ela deu um risinho fingido, tapando a boca com o cravo:

— Como é divertido que o senhor faça essa observação a mim! Estou para contar um grande segredo!

— Peço que não me confidencie nada. Guardo meus próprios segredos e não quero ser guardião dos segredos dos outros.

Ela deixou cair o cravo. Enquadrou o lindo rosto nas mãos, inclinou-se para a frente e ergueu os olhos para Steele. Com a mais encantadora voz, cujas entonações tão frequentemente tinham encantado as pessoas que tentaram resistir a ela, disse:

— O senhor não foi nada gentil comigo, primo Rodney. Logo comigo, que estava tão feliz por encontrá-lo! Adoro os seus livros!

— Obrigada, lady Valéria. Fico feliz, pois outro dia me disseram que *A grande separação* valia mais que todos os meus livros reunidos.

Ela bateu as mãos alegremente.

— Ah! Que bom que me contou isso! Compreendeu a graça? Sim, estou certa de que sim. Agora, então, preciso confiar meu segredo, mais do que nunca.

A campainha do telefone tocou, estridentemente, no vestíbulo. Ouviram Jake responder.

— Quem é? — gritou lady Valéria.

— Devem querer falar com Dr. Brown, do Hospital Metropolitano — sugeriu Rodney.

— Que coisa insuportável! Quando tomarão nota do novo número do hospital?

Jake entrou.

— Uma senhora chama-o ao telefone, senhor.

— Com licença — disse Steele.

Deixou a sala, fechando a porta atrás de si. Quando tomou o fone, percebeu a porta da biblioteca entreabrir-se.

— Alô! — disse Steele. — Sim... Sim... Sim... Sim... Sim...

Logo que colocou o fone no gancho, a porta da biblioteca se fechou de novo, tão suavemente quanto fora aberta.

Lady Valéria estava em frente a uma janela, fingindo tocar piano ao batucar os dedos na vidraça, quando Rodney, de ar sério e preocupado, entrou no recinto. Dando seguimento ao assunto, lady Valéria, sem virar a cabeça ao ouvir passos, disse:

— Como os táxis andam depressa! Após a sua saída contei trinta e dois. Quantos há em Londres agora?

Steele fechou a porta e voltou ao seu lugar predileto, diante da lareira.

# XXIV
# Madge descobre a verdade

Madge estava escrevendo cartas quando seu irmão chegou.

Correu em sua direção, sorrindo.

— Que saudade, Billy! Que alegria te ver! Sente-se ao meu lado! Aceita um chá?

Billy sentou-se, e Madge percebeu no mesmo instante que ele estava preocupado com algo.

— Não fico para o chá, mas agradeço. Devemos tomar no nosso apartamento. Valéria foi ver a senhora Bellamy; depois, deve voltar para meu apartamento. Ela quer conversar sozinha com Rodney. Falou para eu ficar aqui. E cá estou. Queria desabafar com você.

Billy sentou-se na poltrona e olhou para a irmã.

— Então... Você e Rod se encontraram de novo?

— Sim. Há três dias, pedi que viesse aqui. Conversamos bastante. Depois, por duas ou três vezes, conversamos brevemente ao nos encontrarmos na rua. Amanhã, devemos jantar juntos na casa da senhora Bellamy. Estou ansiosa para o jantar.

— Então está tudo bem? — disse Billy, feliz pela irmã.

— Sim, muito bem. Mas claro que precisamos de tempo para entender a nova situação. Sofremos muito após a ruptura do nosso noivado. E foi pior para Rodney do que para mim. Ele precisa de tempo para compreender tudo.

— Que bobagem! — disse Billy. — O que precisam é de um pastor e uma licença especial para se casarem no mesmo dia. Mas não quero me meter em sua vida. De problemas, bastam os meus. Escute, Madge! Tenho uma confidência muito importante, muito instigante para fazer. Valéria deixou que eu contasse, com a condição de você guardar segredo.

Madge concordou:

— Claro que manterei segredo, Billy. Mas é necessário tanto mistério? Acho que já sei qual é o segredo.

— Isso não é surpresa — disse Billy, feliz. — O estranho seria não termos todos adivinhado, sabendo quão inteligente e maravilhosa Valéria é. E são mulheres como ela que agem em segredo. Estou muito feliz e orgulhoso, como todo homem estaria em meu lugar. Mas também um pouco perturbado.

— Billy — disse Madge com ternura —, qual é esse segredo?

— Mas você já não sabia? Não entendeu? Então me ouça com atenção! Minha mulher é a autora de *A grande separação*! Max Romer é o pseudônimo de Valéria!

Madge ficou muito surpresa, o que deixou Billy satisfeito. Ela corou, depois empalideceu. Seus olhos, arregalados de espanto, faziam a Billy uma pergunta muda e, quando notou a expressão de triunfo do rosto infantil do irmão, lágrimas correram pelo seu rosto. Que pena tinha dele!

Pobre Billy! Tão honesto, incapaz de enganar uma mosca, bem como de perceber a falsidade nos outros!

Billy sempre fora amigável, nunca tivera inimigos, e hoje ele tinha um dentro da própria casa! Pobre Billy!

— Ela terminou de escrever antes do nosso casamento — continuou Billy. — Sabia que o livro seria de grande sucesso, mas decidira que o valor da obra não poderia ter as vantagens de seu nome.

Madge não fez nenhum comentário. Mas seus olhos doces procuravam sempre o olhar de seu irmão.

— Ela conseguiu guardar segredo até agora. O próprio editor não sabe quem é Max Romer. Romer enviou a ele o manuscrito por intermédio de um agente, em quem podia confiar e que se encarregou de estabelecer as condições do negócio. O livro dá a ela muito dinheiro. Ela, porém, dá tudo para filantropia. Não reparou no donativo anônimo de vinte e cinco mil francos, feito, outro dia, ao Hospital de Londres? Era dela. Ela acaba de receber os direitos autorais de *A grande separação*. Não é maravilhoso, Madge? Contou-me tudo isso outro dia, à noite, no seu quarto, sentada perto do fogo, com um robe cor-de-rosa e os lindos cabelos desfeitos caindo ao redor de si como um véu. Conversamos até duas da manhã. Valéria nunca dorme antes das três horas e gosta que eu lhe faça companhia.

Os olhos de Madge se encheram de lágrimas de novo. Compreendia agora por que Billy tinha o ar tão cansado, tinha a aparência doentia e ultimamente estava tão ansioso.

Ah! Pobre Billy!

— Valéria me contou também uma coisa bem curiosa. Contou que sempre achou suas mãos lindas e que sabia que elas seriam executoras de grande obra. Experimentou pintar, mas seus quadros eram muito sutis. Seus significados escapavam aos críticos e às pessoas não muito fortes, como eu — acrescentou Billy com humildade. — Dedicou-se à música e tocava muito bem. Todos a incentivavam a tocar profissionalmente. Mas preferia tocar na solidão. Finalmente, decidiu escrever um livro, um que todos pudessem ler, compreender e admirar. Escreveu, então, *A grande separação*. E agora, quando admira as mãos, sente que executou uma obra digna delas. Madge, nunca admirou suas mãos a esse ponto?

— Nunca! — disse Madge. — E mais ainda, Billy: se uma ideia tola dessas passasse pela minha mente, eu usaria minhas próprias mãos para dar, em mim mesma, uns bons tabefes.

Billy riu. Um sentimento honesto e ingênuo, apesar dos esforços de lady Valéria em corrompê-lo.

— Madge — continuou de bom humor. — Somos limitados, eu e você. Valéria sempre me diz que não sou muito inteligente. Ah! Eu concordo! Enquanto ela é uma mulher superior, acima do comum. Provou isso quando escreveu *A grande separação*. Estou orgulhoso, encantado e, no entanto, tenho um receio.

— Qual?

— Ouvi de Valéria, logo que o livro apareceu, quando não suspeitava que ela fosse a autora, que o autor desse romance havia escrito sua própria história. Acredito que ela não se lembre dessa conversa. Mas eu não esqueci. Hoje, pensei muito que o homem solitário sobre a rocha, com os animais pastando a seus pés, o sol se pondo e todo o acompanhamento, deve ter pensado em ceifar sua vida por eu ter conquistado Valéria. E, pior que isso, detesto me lembrar da descrição dos passeios dos noivos, ao luar... suas palavras de amor, suas juras... Você sabe. Fico preocupado porque sei que se trata de Valéria e de outro homem. Sofro em pensar que ela amou com o mesmo ardor que Catarina. Lembra como o autor constantemente fala das lindas mãos de Catarina e como Valetim as amava? Madge, não consigo mais tocar nas mãos de Valéria desde que soube que ela é a autora de *A grande separação*.

Madge gelou ao pensar no que devia fazer em seguida.

Estendeu as lindas mãos ao calor da chama. Não amava suas mãos, que há dez anos tinham sido amadas apaixonadamente por Rodney. E o homem que tanto as amara era o verdadeiro autor de *A grande separação*.

Então, sem hesitar, contaria a verdade.

— Billy — disse ela, olhando o fogo. — Valéria toma drogas para dormir?

Billy hesitou.

— Sim, Madge, toma. E ficará muito triste se souber que eu contei. Não consegue dormir sem remédio. A primeira dose a deixa comunicativa; a segunda a adormece, mas não pode tomar as duas doses, em sequência. É por isso que permaneço sempre com ela durante horas.

— Sabia disso antes de se casarem?

— Claro que não! Como saberia? Mas descobri logo depois. Ah! Pobre Billy!

— Nunca notou — perguntou Madge — que Valéria, sob a influência das drogas, inventa histórias sobre ela e sobre os outros?

— Inventa? Histórias? Não. Ela me conta muitas coisas nas quais eu nunca teria pensado. Mas não tenho a pretensão de ser tão inteligente como Valéria.

— Entendo.

Madge se afastou do fogo e olhou seu irmão bem no rosto.

— Billy, há muito tempo, quando éramos crianças, uma vez você me deixou com muita raiva e eu te dei um tabefe. Mas tive pena logo depois e então dei a única moeda que tinha para fazer as pazes. Depois disso, você me perdoou.

Com essa lembrança da infância, Billy riu alegremente.

— Você era bem brava naquela época.

— Eu era, irmão, e ainda sou, só que quando estou enfurecida já não bato em ninguém. E depois, no final da briga, lembro-me de você ter dito que preferia um tabefe aos incessantes pequenos ataques que seus amigos sofriam. Lembra-se, Billy?

— Não, não me lembro, mas acredito. Penso o mesmo até hoje.

— Estou arrasada por ter que te bater de novo, e dessa vez porque gosto muito de você. Vou bater porque sei de algo que você ignora e que precisa saber. Vou contar, custe o que custar. Vai doer muito em você.

— Vamos, Madge, bata!

— Valéria não é a autora de *A grande separação*.

— Como assim?! — gritou Billy, perplexo.

— Exatamente isso. *A grande separação* não foi escrito por sua mulher. Sou obrigada a te contar, porque, se você repetisse essa mentira na presença do autor, seria humilhante.

— E quem então seria esse autor?

— Não posso contar. O segredo da identidade de Max Romer deve ser guardado por aqueles em quem ele confia.

Billy empalideceu.

— Posso, ao menos, perguntar quem te contou essa mentira?

— Rodney. Ele conhece o autor de *A grande separação*.

— É mentira! — bradou Billy.

Madge ruborizou de indignação.

— Sabe que não é mentira, Billy!

— Não chamo Rodney de mentiroso, e sim o indivíduo que ousou contar a Rodney que escreveu o livro da minha mulher. Ele sim é um mentiroso! Se algum dia eu o vir, falarei poucas e boas!

Madge esperou pacientemente que Billy acabasse. Depois perguntou:

— Já contou a alguém que Valéria é a autora de *A grande separação*?

— A ninguém! Só soube disso ontem à noite. Ela vinha insinuando, mas não a levei a sério. Como poderia imaginar que o livro era de Valéria? Achava que o autor era um homem!

— É um homem. Max Romer é um homem!

— Você quer deixar Valéria furiosa!

— Não, meu caro. Só estou tentando evitar uma humilhação pública. Valéria contou a mais alguém que é Max Romer?

— Não acho. Mas é possível que, neste mesmo momento, ela esteja revelando o segredo a Rodney.

Billy olhou o relógio.

— São quatro e quinze. Ela ia para o apartamento dele às quatro. E me disse que, assim que se apresentasse, confessaria ao nosso amigo que ela também é escritora e a autora do livro de que tanto falam. Só espero que ele não queira contar a ela a mentira de que um de seus amigos é que é Max Romer.

— Eu penso — disse Madge lentamente —, pelo que sei de Rodney, que ele dirá a Valéria sem consideração nenhuma, a verdade.

— Neste caso, vou até lá. Não quero que Valéria se enerve pela descrença de Rodney.

Madge ergueu os ombros:

— Vai lá dizer na frente de Rodney que você tem certeza de que Valéria é a autora de *A grande separação*. Vai sair com um quente e dois fervendo.

— Era bom que viesse junto, Madge, para ouvir a resposta dele e a de Valéria.

Madge hesitou. Billy pedia aquilo sem nem imaginar a gravidade da coisa. Mas não era sua obrigação estar junto ao irmão em um momento como aquele?

— Eu também vou. Podemos tomar chá todos juntos. Mas, enquanto me troco, vá dar bom-dia para a babá. Ela ficou muito triste porque você veio outro dia aqui e não foi vê-la! Vá cumprimentá-la.

Assim que a porta se fechou, Madge correu ao telefone:

— Mayfair 494.

E esperou com ansiedade.

— Alô?

Era a voz de Jake.

— O sr. Steele está em casa?

— Ele está na biblioteca.

— Faça o favor de avisar que é telefone para ele, com urgência.

— Está bem, aguarde um momento.

Os segundos de espera pareceram horas. Até que ouviu a voz profunda de Rodney.

— Alô?

— Roddie, é Madge. Minha cunhada está em sua casa? Responda apenas com um sim, ou com um não.

— Sim.

— Imaginei. Como Valéria está aí, ela pode ouvir tudo o que você me disser. Responda a tudo com sim, está bem? E escute com atenção.

— Sim.

— Valéria contou a Billy, com muitos detalhes, que ela é Max Romer, autora de *A grande separação*! Billy acredita e está muito orgulhoso. Por Billy, precisamos que essa mentira tenha fim agora mesmo. Concorda?

— Sim.

— Meu irmão vai até aí e quer que eu vá junto. Não queria importunar, mas Billy precisa de mim. Tomaremos chá juntos, e Billy vai contar que Valéria é a autora de *A grande separação*! Conto com sua amizade para lidar com a situação da melhor forma possível. Já avisei Billy que você conhece Max Romer, mas não podia, sem a sua autorização, contar que você era o próprio. Fiz bem?

— Sim.

— Billy, naturalmente, chamou seu amigo de mentiroso. Para não caírem em vexame, Billy e Valéria guardarão o seu segredo. Entendeu?

— Sim.

— Muito bem. Dentro de quinze minutos chegamos aí. Sei que fará o melhor para ajudar Billy.

Madge colocou o fone no gancho.

# XXV
# Eu sou Max Romer

Quando Steele voltou à biblioteca, depois de falar com Madge, sabia que tinha pouco tempo para pensar em uma tática.

A ideia de Madge não era boa para ele. Não gostava que lhe dessem ordens. Se algo difícil precisasse ser dito, ele diria; não esperaria a hora do chá, com o consentimento de Billy. Uma cena desagradável entre ele e Valéria era inevitável. Seria melhor que acontecesse antes da chegada de Billy e Madge. E ele também acreditava que, sem o apoio de Billy, lady Valéria mostraria a verdadeira face.

Tinha pouco tempo. Em consideração a Billy, precisava desmascarar lady Valéria e acabar com a mentira.

Parou novamente em frente ao fogo, observando a mulher, sua silhueta evidenciada pela luminosidade da janela.

Steele aguardava. Será que Madge e Billy ainda demorariam? Qualquer mudança em sua atitude alertaria lady Valéria.

Lady Valéria deixou a janela e foi até a poltrona.

— Bem, primo Rodney, você não sabe? Não pode me contar qual a quantidade de táxis que circulam neste momento em Londres?

Ela levantou os olhos para ele com um sorriso insinuante. O longo silêncio do autor impulsionava a vontade dela de fazê-lo falar. Além disso, a aversão que ele demonstrava estimulava ainda mais aquela sua natureza sedutora. Desejava que o primo notasse suas mãos, dissesse que eram elegantes, perguntasse de tudo o que haviam realizado. Suas mãos estavam à frente do rosto, como em prece.

— Esse horrível telefone nos interrompeu no momento mais interessante. Você tinha acabado de falar que o romance *A grande separação* valia sozinho mais que toda a sua obra.

— Como assim, lady Valéria?

— Não tem importância. Porque é claro que você não acredita nisso. Os autores sempre acreditam que suas obras são melhores do que a dos outros.

— Desculpe-me, lady Valéria, mas não acredito que a senhora esteja na posição de julgar os desejos de um autor. Um autor sincero é sempre o mais crítico da sua obra. Quanto a mim, desde que li as excelentes obras de outros autores, tenho vontade de queimar todos meus livros. Publicar um romance com o próprio nome é, na minha opinião, a coragem maior que um homem pode mostrar.

Quantas palavras e minutos preciosos, gastos inutilmente! Mas era sua intenção dar a lady Valéria o momento certo para falar. E ela acabava de encontrá-lo.

— Eu? Não posso julgar, caro senhor Steele? Por acaso o senhor é um comediante?

Esforçou-se por rir.

— A senhora parece dar uma grande importância aos meus humores.

Ela jogou longe um de seus cravos. Que idiota! Como ela o desprezava! Mas gostava de aborrecer, principalmente quando podia humilhar a pessoa que não se dobrava a seus pés. Ela não podia perder essa oportunidade de humilhar Steele e de fazê-lo queimar todos os seus livros.

Sorriu-lhe de maneira particularmente sedutora, o mesmo sorriso do espelho, com um pouco mais de veneno misturado aos diversos ingredientes.

— Naturalmente, entendeu o que quis dizer — disse ela —, e é por esta razão que vou contar meu segredo. Se me trair, seu amigo, Billy, o castigará. Eu, que segundo o senhor, não posso julgar os sentimentos de um autor... Eu sou Max Romer, o autor de *A grande separação*!

Neste instante, o coração de Steele experimentou uma sensação nova: a profunda indignação de um criador à frente do impostor que ousou tomar para si seu trabalho.

Por fora, parecia perfeitamente calmo. Mas sua cólera diante da odiosa mentira nascida dos lábios sorridentes, piorada pela expressão zombeteira e triunfante dos olhos meio cerrados da jovem, fez com que perdesse o sangue frio. Esqueceu Madge e Billy e até o interesse que tinha de não revelar a verdadeira identidade de Max Romer.

Dirigiu-se à escrivaninha e, com ironia na voz falsamente alegre, disse:

— Vamos aumentar mais um pouco o tom da comédia, lady Valéria. Vou mostrar à senhora o manuscrito original de *A grande separação*.

Tirou de uma gaveta uma volumosa resma, cheia de uma escrita enérgica e nítida, que colocou numa mesa, bem em frente a ela.

— Veja. Deve ser curioso a Max Romer, ver, pela primeira vez, o manuscrito original de *A grande separação*, não é?

Lady Valéria instantaneamente levou as mãos à boca. Steele compreendeu que esse gesto chegou a tempo de abafar um grito. Depois, dominando-se, inclinou-se para o manuscrito, e o folheou em silêncio.

Steele quase admirou a cara de pau que ela demonstrou. Ficaria aborrecido se ela gritasse e Jake viesse para socorrer.

De repente, as mãozinhas seguraram raivosamente às páginas para as rasgar. Mas Rodney foi tão esperto que, dentro de um segundo, o precioso manuscrito estava fora do seu alcance, fechado de novo, e a chave da gaveta em seu bolso.

Enquanto guardava o manuscrito, lady Valéria levantou-se, aproximou-se do fogo e atirou nele o cravo que tinha a mão. Viu a flor queimar. Depois, virou-se para Steele; seu rosto lívido exprimia tanto ódio que mesmo um homem corajoso como ele recuaria um passo.

— Provarei — disse ela entredentes — que é falso, é falso!

— Nesse caso — respondeu Rodney —, serei obrigado a apresentar uma falsidade ainda maior que é o contrato assinado por Max Romer e pelo editor de *A grande separação*, trazendo também a assinatura das testemunhas. Então peço, lady Valéria, que me apresente em vinte e quatro horas o manuscrito de *A grande separação* com o contrato para publicação.

Ela ameaçou-o com as mãos transformadas em garras.

— Como pôde encontrar esse manuscrito? E que direito tem o senhor sobre ele?

— O direito de ser meu manuscrito.

Aproximou-se com um passo, indignado com a audácia. Ela levantou os braços.

— Eu sou Max Romer — disse Rodney Steele. — E, se contar a alguém, revelo como ficou sabendo de meu segredo.

Ficaram se encarando até ouvir a chave rodando na fechadura e ouvirem Billy falando no hall.

Lady Valéria mudou de atitude; esforçou-se para sorrir, voltou à poltrona e se sentou confortavelmente. Quando a porta da biblioteca se abriu e Madge e Billy entraram, lady Valéria pareceria provocar o primo com um cravo.

# XXVI
# Lady Valéria, a comediante

— Bem — disse Madge, e a sua voz doce acalmou Rodney —, chegamos! Desculpe por fazê-los esperar. Eu e Billy fomos visitar nossa babá Naimy, e é sempre muito difícil deixar sua companhia; ela fica tão feliz em nos ver. A gente cresceu, mas toda a disciplina que nos passou enquanto crescíamos faz com que, na menor ordem, obedeçamos: "Sentem-se perto de mim, crianças". E sentamo-nos tão prudentemente, como se a babá nos fosse vestir babador e nos dar papinha. Não é, Billy? Rodney, precisa um dia visitar a babá. Ela leu todos os seus livros e fala de você com grande admiração e orgulho.

— Toque a sineta para o chá, Billy — disse lady Valéria. — Você nos fez esperar quase meia hora. Se Steele e eu não estivéssemos entretidos numa ótima conversa, já teríamos começado sem vocês.

Billy tocou a sineta sem notar a censura; a atenção estava focada inteiramente na sua missão. Madge pedira que não falasse sobre *A grande separação* antes que acabassem de tomar chá, e ele obedecia, mas não conseguia encontrar outro assunto.

Rodney também ficou em silêncio. A discussão com lady Valéria parecia ter sido apenas um pesadelo. Ela deixara de existir quando Madge entrou na biblioteca e ele ouvira a voz terna, linda, reconfortante.

Era tão comovente ter Madge ali, no mesmo lugar onde ele sempre estava tão só. Contemplá-la, encontrar seu olhar calmo e leal, observá-la furtivamente indo e vindo, com sua graça discreta, sutil e suave — como em um sonho.

Quando chegou o chá, lady Valéria, das profundezas da poltrona, ordenou:

— Sirva-me o chá, Madge. Eu estou cansada. Afundei nesta poltrona e não tenho forças para sair daqui. Billy, ponha uma mesinha aqui perto de mim. Mas não esse aparador! Eu o detesto e não quero mais vê-lo. Leve-o à sala de espera e diga a Jake que o dê imediatamente para a doação... Sim, esta mesa me serve. Se mexa, vamos!

Então Madge serviu o chá e, depois de longos dez anos, Rodney se viu servido por ela.

As recordações foram vivas, profundas e importunas tanto no coração de Madge, como no de Rodney. Aquela xícara de chá punha um ponto final nA grande separação.

Mas Billy falou:

— Rodney, volto a insistir, vamos ao campo para o Natal. Madge estará lá. Não é, Madge? Será maravilhoso. Detestaríamos pensar que você está aqui, sozinho, durante as festas. Não é verdade, Valéria?

— Venha, eu lhe peço — disse lady Valéria com afetação. — Se não tiver outro projeto.

Rodney olhou para Madge.

Esta observava o bule e colocou nele mais água fervente.

— Alguém quer mais chá?

Rodney apresentou a xícara.

— Você é muito bom, Billy — disse ele. — Não tenho nenhum plano para o Natal.

— O senhor entendeu? — explicou lady Valéria. — Nós não podíamos convidar para ir à nossa casa antes que se encontrasse com Madge. Muitos segredinhos foram guardados para o impedir de saber que Madge era sua vizinha.

— Nada de segredinhos — observou Madge alegremente.

— Uma infantilidade unicamente da minha parte com a intenção de fazer a Rodney uma surpresa. Além do mais, ele não demorou a descobrir. Não é Rodney? Deveria ter ido recebê-lo na estação, isso sim.

Lady Valéria soltou um riso forçado e irônico.

Madge respondeu sorrindo.

— Não fiquei fazendo gracinha, Valéria. Eu e Rodney somos amigos de muito tempo... Achei que nosso encontro merecia um planejamento.

Então, com uma expressão de desafio nos olhos e um sorriso zombeteiro nos lábios, lady Valéria falou:

— Catarina, em *A grande separação*, sempre me fez pensar em Madge. E veja só, que esperta que sou, já que não sabia ainda a identidade de Max Romer.

Billy deu um salto e a olhou assustado:

— A identidade de Max Romer?

Voltou-se para Steele.

— Então minha mulher te contou o segredo, Rod? Ela é a autora de *A grande separação*.

Lady Valéria desatou a rir

— Não seja tolo, Billy. Não precisamos mais mentir. O meu plano funcionou. Desde que li o livro, desconfiei que Steele fosse o autor. Reconheci a semelhança de estilo de *A grande separação* com as suas outras obras. Lembro-me de como forçaram Sir Walter Scott a confessar que era o autor do *Waverley*, quando não sabiam que o livro era de sua autoria. E isso me fez tentar a experiência. Steele caiu imediatamente na armadilha. Ele não somente me declarou que era o autor, como mostrou-me o manuscrito original de *A grande separação*. Muito interessante. Percebi então um ponto onde o nome de Madge havia sido riscado e substituído pelo de Catarina. Você é evidentemente a heroína, Madge. Fico quase tentada em pedir notícias do pobre Valentim.

Os olhares de escárnio detiveram-se no rosto perturbado de Madge.

Billy, mortificado, dirigiu-se a Steele:

— Então, você é autor do livro de minha mulher?

— Não, amigo — respondeu Steele tranquilamente —, mas sou o autor do meu próprio livro. Fui eu que escrevi *A grande separação*, mas, por razões que não vêm ao caso, não quis usar meu próprio nome. E não permitirei que a minha identidade como Max Romer seja divulgada. Nós quatro, reunidos nesta sala, devemos ser os únicos a saber. O próprio editor pensa que enviei o manuscrito datilografado de um de meus amigos. Confio meu segredo, Billy, sem receio, e confio na honra de Madge. Já avisei lady Valéria de que, se minha identidade como Max Romer vier a público por intermédio dela, contarei no mesmo instante como ela ficou sabendo de meu segredo...

Billy seguia incrédulo:

— Você? Você é Max Romer, Rod?

Depois, virando-se para a sua mulher, indagou:

— Mas Valéria, não estou entendendo! Como pôde dar 25.000 francos ao hospital, se não recebeu os direitos autorais de *A grande separação*? Porque tem me...

— Ora, não seja idiota, Billy! — bradou lady Valéria, asperamente. — Não entendeu o plano? Sabe que é uma farsa, inclusive armada por você, há muito tempo. Chegamos ao ponto que chegamos porque quis me divertir. Como eu poderia escrever e publicar um romance sem que você soubesse? Tolice seria pensar que você levou a sério a minha brincadeira. Me jogou às cobras por sua total e completa falta de imaginação. Estou muito triste por você não entender que foi tudo um chiste. A vida não vale a pena quando se deve viver com um companheiro que não tem senso de humor.

A voz colérica de lady Valéria extinguiu-se após o clímax de ironia, e um silêncio cheio de constrangimento tomou conta do ambiente.

As duas pessoas da sala que amavam Billy o olharam com ansiedade.

Enquanto era humilhado, tremia como vara verde. Depois, se controlando, levantou.

— Estou desolado com tudo isso, Rodney, que é totalmente minha culpa, bem como minha esposa explicou. Tomei toda essa brincadeira a sério e fiz uma verdadeira salada. Acredito que realmente não tenha... senso de humor... Não entendi muito bem a história de levar a sério... Espero que não me considere menos por conta de minha burrice. Garanto que seu segredo estará trancado a sete chaves. Juro pela minha honra. E falo tanto por mim como por minha mulher. Venha, Valéria, temos compromisso. Precisamos nos apressar. Seu casaco está na antessala.

Rodney e Madge se levantaram, mas Billy não permitiu que falassem nada. E, dando o braço à mulher, se preparou para sair.

— Venha, Valéria — repetiu ele. — Boa noite, Madge, boa noite, Rodney. Nos vemos depois.

Arrastou a mulher, abriu a porta e indicou a ela a antessala. Nunca lady Valéria havia andado tão rápido.

Quando Billy virou para fechar a porta, parou um instante e olhou para trás. Seu rosto exprimia vergonha, desgosto e desespero, mesmo estando em meio a pessoas que o amavam. Então, fechou a porta.

Um minuto depois, ouvia-se o ruído do elevador que descia, depois o da grade que o fechava.

Madge e Rodney, que permaneciam de pé na biblioteca, olharam-se com tristeza. Quando, enfim, tiveram força para falar, falaram ao mesmo tempo e pronunciaram as mesmas palavras:

— Que dó do Billy! Que dó!

Madge, então, caiu numa poltrona. Nesse instante, ouviu-se o motor do automóvel que partia, enquanto Steele voltava ao seu lugar diante da lareira.

# XXVII
# Billy fica à par da verdade

Assim que a porta do carro se fechou e Billy cobriu cuidadosamente as pernas da sua mulher com uma manta, apagou a luz e ficou de lado, sem perguntar a Valéria se ela se sentia bem ou pegar sua mão, como era costume. Ele estava tão grudado no canto do carro que uma terceira pessoa poderia ter facilmente se sentado entre os dois.

A intuição de Valéria, que quase nunca errava, dizia que Billy havia mudado. Mas a raiva que sentia de Rodney e a indignação por ter sido confundida e humilhada fizeram com que metesse os pés pelas mãos e enfrentasse aquele novo Billy.

O automóvel mal passava o portão de ferro quando Valéria se virou para Billy e lhe disse com voz seca e arrogante:

— Com que direito me arrancou do apartamento daquela forma?

Billy se arrepiou ao som da voz dela, mas não respondeu.

— Não vai responder? Agora há pouco mal podia conter a língua. Vai ou não me dizer por que saímos do apartamento daquela forma?

— Porque — respondeu Billy lentamente — eu sabia que minha irmã e amigo não queriam dar a mão para você. E ficaria petrificado se eles se recusassem a apertar a mão da minha esposa dentro da casa na qual são meus hóspedes.

Lady Valéria deu um risinho irônico.

— Maravilha! — bradou ela, aplaudindo. — Mas que drama! E achou digno me arrastar sem me deixar respirar até o carro! Mas, diga, eu peço, por que sua irmã e seu amigo teriam se recusado a me apertar a mão?

— Porque — disse Billy com voz abatida e pesando as palavras — você acabou de se revelar uma ladra... E uma ladra da pior espécie! Se tivesse tentado roubar o livro de cheques de Rodney ou as pérolas de Madge, talvez fosse mais fácil de perdoar do que o que fez: disse que era seu o pseudônimo e autoria de uma obra de sucesso! É um roubo desprezível, e é preciso que você me explique tudo, Valéria!

Por um instante, esse novo Billy, ao qual o desespero dava tanta coragem e dignidade, subjugou a jovem esposa. E, porque estava vencida e assustada, odiava agora o marido tanto quanto odiava Steele. Contudo, ela se sentia capaz de mandar de novo naquele homem amoroso e fraco antes que chegassem em casa, fazendo-o aceitar sua justificativa, que tinha sido uma derrota para Madge e o verdadeiro autor de *A grande separação.*

Ela tirou as luvas. Era necessário que suas mãos estivessem prontas para bater ou acariciar. E serviria para segurar a mão crispada de Billy quando ela falasse.

— Asseguro que não sei o que quer dizer — continuou ela, fingindo que estava calma. — Você entendeu a explicação que dei e, embora não tenha bastante esperteza nem humor para compreender meu plano, é necessário que reconheça que está sendo injusto.

— Aceitei a sua explicação, é verdade, porque estava na presença de Madge e de Rodney — disse Billy com tristeza. — E você sabe que tentei desculpá-la. Te amo e você é minha mulher. Se cometesse um assassinato, seria enforcado em seu lugar se não houvesse outro meio de te salvar. Mas repito: não aceito a sua explicação de hoje, como já aceitei as outras. Aqui entre nós é preciso que haja a verdade. Nada de mentir para mim.

De repente, Valéria acendeu a luz, inclinou-se para Billy e o olhou:

— Imbecil! — bradou ela. — Por que eu mentiria para você?

E soltou sobre Billy a torrente de xingamentos que estava destinada a Steele.

Billy conhecia a linguagem das escolas públicas, dos colégios, dos bares; as blasfêmias tradicionais dos viajantes, mas nunca, em toda sua vida, tinha ouvido tantas palavras grosseiras saírem de uma mesma boca.

Primeiramente, tentou fazer com que Valéria se calasse. Vendo que era impossível, levantou a gola do paletó e procurou meter-se ainda mais no seu canto. Até que a cena se tornou intolerável.

Ele tirou o relógio.

— Escute, Valéria — disse ele —, você tem dois minutos para voltar a si e parar de gritar. Se, quando se passarem esses dois minutos, você não tiver parado, mandarei parar o carro e voltarei à cidade. Juro que farei isso, Valéria!

Lady Valéria aproveitou o primeiro minuto para xingá-lo mais ainda. Mas, após o segundo minuto, um completo silêncio reinou entre eles. Ela se atirou para trás, parecendo estar esgotada, e adormeceu!

Billy apagou de novo a luz, abriu a vidraça do seu lado e contemplou as estrelas que começavam a brilhar no céu. O perfume de violeta de sua mulher o oprimia.

As luzes de Londres irrompiam atrás deles. O automóvel seguia entre os campos. Os pinheiros erguiam suas copas negras no horizonte. Os faróis do carro iluminavam as frutas vermelhas de azevinho e os diamantes que a geada pousava sobre elas.

Lady Valéria tossiu. Billy fechou a janela. Pouco depois, ouviu os soluços, mal disfarçados pelas peles. Virou-se para a mulher e seu coração parou de bater. Valéria chorava! O coração terno de Billy não pôde suportar. Pousou a mão na lapela do casaco dela.

— Não chore, Valéria — apressou-se a dizer. — Não posso te ver chorando.

Lady Valéria ergueu o rosto e se arrebentou de rir.

— Não estou chorando. Não choro nunca! Estava rindo.

— Você estava rindo? — bradou ele.

— Claro! Estava rindo!

— E por que você ria?

— Porque o seu amigo caiu logo na minha armadilha! Em primeiro lugar, me deixando ler o nome da sua irmã no manuscrito. E, em segundo, me dizendo que a principal cena de seu livro não era verossímil. Ele certamente quis dizer que nenhuma noiva teria cancelado o noivado pelo motivo de Catarina no livro. De forma que é fácil adivinhar que alguma coisa de muito grave se passou entre Rodney Steele e sua boa irmã. Agora quero saber o que houve.

— Eu a proíbo de tentar qualquer coisa que esteja planejando para descobrir!

— Meu caro Billy — replicou ela, rindo ainda, mais bela e mortal —, você é realmente ridículo.

O automóvel atravessava agora o bosque de pinheiros.

Billy ficou em silêncio diante do dilema que se apresentava. Como voltaria a ter um lar feliz com tudo o que estava acontecendo?

Embora Billy soubesse que o choro de Valéria era apenas gargalhada sufocada e que havia usado um termo carinhoso por ironia, havia ficado mexido.

Sua indignação enfraquecera, sua raiva passara.

Desejava mesmo a mulher que, apesar de tudo, ainda amava. Nada podia alterar o fato de ser sua mulher e de que eles ainda se importavam um com o outro. Nada podia tampouco anular outro acontecimento que o havia enchido de tanta alegria e orgulho e que motivara da sua parte evitar atenções e carinhos menos discretos para com a futura mamãe. *Talvez,* pensou ele subitamente, *seja o seu estado que influenciou momentaneamente seu senso moral.* Era preciso então que a perdoasse.

Procurou tomar a mão de Valéria.

— Minha querida — disse ele —, há entre nós um grão de consolo nessa lamentável questão.

— O que seria esse grão, Billy? — replicou lady Valéria.

— Pois então. Quando achei que *A grande separação* era de sua autoria, tremi à ideia de que você tivesse amado o Valentim do romance. Não sabia se suportaria que você tivesse amado outro antes de mim e talvez mais que a mim.

Então, a mulher de Billy perdeu a compostura e deu um riso cruel.

— Ah, pobre tolo! — bradou ela. — Nunca amei nenhum homem, então como amaria mais você do que qualquer outro? Disse que entre nós não deve haver mentiras? Pois está bem; escute toda a verdade. Eu nunca o amei! Nunca! Naturalmente, na sua estupidez, vai me perguntar por que então me casei. Bem, respondo com toda a franqueza: casei porque você me aborreceu menos que os outros homens. Porque sabia que, com você, poderia satisfazer todos os meus caprichos. Cansada de ter direito, por nascimento, à minha posição e ainda assim ser pobre demais para sustentá-la. Com a morte do meu pai, fui arruinada pelos gastos funerários. Tivemos que alugar a casa principal e ir morar na casa do vigário. Fui chamada para o bazar beneficente e não pude comparecer, pois não tinha um vestido novo e nem dinheiro para gastar nas barracas com minhas amigas. A pensão destinada ao meu guarda-roupas era apenas suficiente para pagar as minhas luvas. Agora, vou dizer o que desejava. Queria uma linda casa de campo, um apartamento na cidade, animais, automóveis, muito dinheiro para gastar com roupas, o poder e o prestígio que a elegância e o berço só trazem quando apoiados na fortuna. O meu casamento com você me dava tudo isso. O preço que eu tinha que pagar por tudo isso era baixo. Você me agradava bastante, caro Billy, e eu o tinha bem à mão. Você me dava tudo e eu tinha apenas que fazer um sinal para obter o que desejava. Aprecio como me ama, mas amor por você? Meu Deus, não!

Lady Valéria riu de novo. Não se sentia mais acuada por Billy.

Mas ela não previa a resposta dele.

— Mas você, você! Você será a mãe do meu filho!

A indignação e o desprezo na voz dele ofenderam Valéria.

— Certamente que não — respondeu ela com altivez. — Detesto crianças e não tenho, felizmente, nenhuma esperança nem intenção de tê-las.

— Então, isso também era mentira? — perguntou Billy, pasmado.

— Isso, confirmo delicadamente, era também uma mentira. Seus cuidados, suas atenções pareciam diminuir. Então, por meio desse novo estímulo, despertava seu zelo e ainda te dava um motivo para alegria. Era tudo.

— Graças a Deus! — suspirou Billy e, baixando de novo o vidro inclinou-se para fora, e continuou a contemplar dolorosamente as estrelas.

O carro subiu a avenida.

As janelas da velha residência estavam iluminadas. As lanternas e as altas chaminés se perfilavam no céu sem bruma. Assim que o automóvel parou diante da escada, o motorista desceu e abriu a porta para eles.

Lady Valéria desceu graciosamente e, com o seu ar aristocrático, subiu a escada jogando os últimos cravos de sua cintura na passagem.

Então, com um sorriso de profunda satisfação, ao ver o lindo fogo que ardia na vasta chaminé do hall, deixou cair dos ombros a pesada pele e avançou, as mãos estendidas para a chama.

Mas o homem cuja felicidade ela acabava de destruir, com cujo amor se tinha divertido, e a quem havia cruelmente ofendido, permanecia na soleira da casa que não podia mais chamar de sua, hesitando em seguir aquela que era ainda sua esposa ou a entrar de novo no automóvel para voltar a Londres.

# XXVIII
# Rodney entra em contradição

Quando Billy e Valéria saíram como uma rajada de vento, Rodney e Madge ficaram a sós na biblioteca, os corações cheios de tristezas, experimentando, porém, um grande alívio, como após uma tempestade.

O amor e a pena que sentiam por Billy os aproximava e, nesse primeiro momento, os impedia de sentir o constrangimento por se encontrarem a sós.

Apesar de o instinto atrair um para o outro, o sentimento dos dois não poderia se impor, por entenderem o grande golpe que havia se abatido sobre Billy e que ambos, apesar de amá-lo, não conseguiram evitar.

Rodney pôs fim à contemplação do fogo e encontrou o olhar interrogador de Madge, ao qual respondeu contando o que tinha acontecido entre ele e lady Valéria.

Cada olhar e cada palavra da mulher o envolviam numa atmosfera de simpatia confiante e de perfeita compreensão.

Essa situação era nova e deliciosa para ele. Durante tantos anos de solidão, estivera privado da alegria de poder contar com outra pessoa e de compartilhar interesses e pensamentos.

Madge não reprovou Rodney por ter ido com tanto ímpeto para cima de lady Valéria, mas sofria imaginando o abismo que acabava de se abrir diante do pobre Billy.

— Tenho bastante receio — disse ela — de que tenhamos agora uma inimiga. Há perigo em ser amiga de Valéria, mas é uma catástrofe ser sua inimiga.

— Ela não pode nos fazer nenhum mal, Madge. Se ela contar algo, eu conto como ficou sabendo. Ela é bastante inteligente para saber que, nesta questão, perderá mais que eu.

— Mas Valéria não é tão inteligente como parece. Eu a tenho visto cometer terríveis erros, achando que está ganhando algo em troca. Na amargura da sua humilhação, vai provavelmente esquecer toda a prudência e se deixar levar pelo desejo de vingança. Salvo se, com a sua astúcia e habilidade para seduzir Billy, não chegar a convencê-lo antes mesmo de chegarem em casa, de que estava simplesmente se divertindo às nossas custas. Sinto ter que dizer, mas a mulher de meu irmão é uma criatura sem coração nem consciência.

— Como é que Billy foi se casar com ela?

— Pela atração física que Valéria exerce sobre ele. Nos raros momentos em que os vi juntos durante o noivado, Valéria me fazia sempre pensar num gato brincando com um rato. Ele estava completamente encantado com ela. Tentei adverti-lo, demovê-lo da ideia do casamento. Seguir na insistência seria perder contato com ele, então não forcei os alertas além da conta, certa de que, uma hora ou outra, Billy enxergaria a verdade.

— Será que ela o ama de verdade?

— Caro Rodney, Valéria nunca amou ninguém sobre a terra a não ser ela própria! Ama o luxo que Billy pode dar, ama a adoração com que ele a trata e, em troca, dá migalhas para mantê-lo satisfeito. Tenho certeza de que lady Valéria tem garras no lugar de mãos e temo que logo meu irmão tenha seu coração dilacerado.

— E é justamente o coração que merece, acima de tudo, ser salvo dessas garras.

Conservavam-se em silêncio, perguntando-se com ansiedade o que se passava nesse instante entre Billy e a mulher.

Pouco depois, Madge bradou impetuosamente:

— Ah! Como detesto ter que criticar dessa maneira a mulher do meu irmão! Devíamos apenas elogiar os membros da família, certo? Tomara que eu esteja enganada... Tomara que Valéria prove ter uma bondade que eu não soube descobrir.

— Deus é amor — disse ele.

— Ah, conhece a frase preferida do bispo? Não ria, Rodney, essa frase já me auxiliou mais de uma vez a atravessar dolorosos momentos.

Novo silêncio entre eles. Aquela frase o fazia lembrar da última conversa que tiveram.

Rodney sentia-se infinitamente culpado. Contemplava Madge e, enquanto a observava, o pesar de a haver perdido e a necessidade de a reconquistar o torturavam. Como não dar tudo que houvesse de melhor aos pés dessa mulher — tão digna de completa devoção? Por que a sorte havia faltado a ele quando podia ter tido tudo? Tinha ganhado posse dela muito tarde. Mas seria realmente muito tarde? Essa dúvida era cada vez mais real.

Seus pensamentos foram interrompidos por um movimento de Madge, que ergueu para Rodney seu olhar límpido e confiante.

Ele então foi para seu lugar de costume, diante do fogo.

— Madge — disse ele —, estou envergonhado, desolado, furioso comigo mesmo. Estou ainda mais furioso com o destino. Nossa situação é muito confusa. A vida é um caos. Vou contar o que penso. Na última vez que estive em Florença, tive grande desejo de ouvir Dagmara Rénina, uma jovem cantora russa que possuía uma voz extraordinariamente bela. Eu devia partir antes da primeira apresentação. Fui, então, convidado para o ensaio geral. Alguns instantes antes de a cortina subir, deixei o camarim do meu amigo tenor para ir ocupar a minha poltrona. A sala estava quase vazia, mas os músicos da orquestra já estavam em seus postos. Cada um deles afinava o seu instrumento ou repetia uma passagem difícil. Era uma insuportável cacofonia. Subitamente, uma silhueta, delgada e alerta, saltou para o estrado e deu um golpe seco no púlpito. Era o regente da orquestra, ele próprio, o maestro. Instantaneamente, o silêncio se fez: músicos e espectadores esperavam com uma espécie de ansiedade. Todos os olhos estavam fixados no maestro, todos os músicos preparados para começar, ao seu primeiro sinal. Ele preparou a partitura, olhou à direita, à esquerda, ergueu a batuta, e um som magnífico, cheio, doce, melodioso, em perfeita harmonia, se elevou da orquestra. O prelúdio começou. Foi lindo. Madge, eu me sinto exatamente como os músicos antes da aparição do maestro. Desejo a harmonia. Cada parte do meu ser faz tudo quanto pode e, apesar disso, ainda estou terrivelmente confuso. Só sei duas coisas com certeza. A primeira, que nunca perdoarei a mulher que foi a causa da nossa separação. A segunda, que nunca oferecerei o coração que tenho hoje, indigno de você.

Madge não respondeu imediatamente. Suas mãos estavam cruzadas sobre os joelhos. Parecia hipnotizada pelo fogo.

Então falou:

— Você espera o maestro, Roddie? — disse ela. — Mas, se ele vier, poderá pôr fim à cacofonia da sua orquestra interior, e alcançar a harmonia?

— E qual o maestro capaz de operar tal milagre?

Ela sorriu e deixou a pergunta sem resposta. Depois, disse docemente:

— Deus é amor.

Rodney, por sua vez, sorriu, mas cético. Ele desejara que ela comentasse as suas palavras. Gostava tanto de a ouvir falar, mesmo quando não pensavam da mesma forma! Como era encantadora! Ele não se interessava por qualquer outra coisa, divina ou humana, enquanto ela estivesse ali, tranquilamente sentada na biblioteca, do lado de cá da parede.

Então, a mulher endireitou a cabeça e seus olhares se encontraram de novo.

Um súbito rubor invadiu o rosto de Madge. Ela se levantou.

— Preciso ir — disse ela.

— Espere — respondeu Rodney, nervoso. — Espere, Madge. Você me autorizou a fazer perguntas. Quem lhe deu o narciso que sempre traz na cintura?

— Ninguém. Eu o cultivo na minha estufa, em Haslemere.

— E o indivíduo que, ontem à noite, estava no seu camarote, de narciso na lapela, quem era?

— Caro Rodney, eu o autorizei a me interrogar sobre os fatos a respeito de nós dois. Mas a autorização não se estende aos meus amigos.

— Você poderia, ao menos, me poupar de vê-la com outros homens quando eu estiver por perto?

— Rodney, você está sendo infantil. Quando você estiver por perto?

— Detesto até pensar nos homens que a rodeiam e não consegui acreditar, nem por um minuto, que havia sido Billy a te dar o narciso.

— Já falei que o narciso veio da minha estufa. Não insista em um assunto no qual não tem razão.

Ele se virou para o lado da lareira e com as duas mãos agarrou-se ao mármore.

— Nunca entenderá tudo o que sofri? — bradou ele. — Não entende a tortura a que fui submetido durante dez anos, frente à ideia de que você pertencesse a Hilary?

Ela permanecia atrás dele, silenciosa. Depois falou com uma ternura que deu música à sua voz.

— Ah, Rodney — disse ela. — Não sofra, pois isso não é necessário! É muito difícil explicar! Há coisas que não devo dizer... mesmo ao... homem que amo. Enfim, houve tão pouco do que se afligir nesses anos de sofrimento.

Ele não respondeu, nem para ela olhou. Continuava a agarrar o mármore da lareira com as mãos crispadas, o rosto sombrio e contraído.

Ela esperou um instante, depois se aproximou da porta.

— Preciso ir. Até logo, Roddie.

Com um movimento brusco, ele se virou.

— O quê? — disse ele. — Partir? Sem nem um aperto de mão?

Com passos lentos, aproximou-se dele.

— Roddie, você não lembra o que me disse outro dia? Que não podia mais me tocar a mão? E essa tarde, tive o cuidado de evitar que nos cumprimentássemos, trazendo um buquê de flores comigo. Farei a mesma coisa amanhã, quando chegar na casa da senhora Bellamy. Quero te ajudar, Rodney. Mas, para isso, você não pode ser injusto.

Ele a olhou com desejo.

— Você me mantém a distância — murmurou ele. — Mas antigamente o seu coração era meu.

— Então vamos nos cumprimentar, se é o que deseja — disse Madge, estendendo-lhe a linda mão sem as luvas.

Rodney olhou-a, hesitante. Depois, resolutamente, tomou a mão na sua.

Madge permitiu que a retivesse um instante, e então desfez o contato.

— Não tem nada a dizer? Então vou embora. Até logo, Rodney.

Virando-se, aproximou-se da porta, mas Rodney tomou a dianteira.

Tomando-a nos braços, cobriu de beijos seus cabelos, os olhos, os lábios, o pescoço e ainda mais uma vez os lábios.

Ela não tentou resistir, mas não retribuiu; conservou-se passiva nos braços febris, pálida e emudecida pela emoção.

Ele a abraçou ainda com mais força, apoiando a cabeça da amada contra o peito; depois, inclinando-se, beijou-a uma última vez na boca.

Com um gemido apaixonado, se afastou.

Voltando à lareira, deixou de novo cair os braços sobre a mármore, a ali escondeu o rosto.

Nem mais uma palavra pronunciada.

Silenciosamente, Madge deixou a sala.

# XXIX
# O regente da orquestra

No mesmo dia, às nove da noite, Steele bateu à porta do apartamento da senhora Bellamy.

— Posso falar com a senhora Bellamy, por favor? — perguntou ele.

A criada o recebeu com um sorriso.

— Entre, cavalheiro, por favor. A patroa está na sala.

A viúva do bispo, sentada ao pé do grande retrato do seu marido, fazia tricô sossegadamente.

— Entre — disse ela —, entre. Seja bem-vindo, caro Steele. Neste instante mesmo, pensava em você. Pensava na encantadora noite que você, Madge Hilary e eu passaremos amanhã.

— Estou desolado, senhora Bellamy, mas venho para dizer que não poderei vir amanhã. Preciso ir embora. Uma mudança imprevista nos meus projetos... Me perdoe.

A viúva do bispo continuava o seu tricô. Não era necessário olhar de novo o rosto triste. Desde o primeiro olhar para o recém-chegado, compreendera que alguma razão grave o levara até lá.

— Que pena, meu querido! Mas será apenas um adiamento, certo? Sua ausência será longa?

— Não sei.

— Para onde vai?

— Não sei ainda. Algum lugar selvagem, deserto, longe das casas, das paredes e das lareiras; irei lá, onde o vento sopra em liberdade, onde poderei andar entre o céu, terra e mar sem ter mais nada em que pensar.

— E quem o fez sofrer a esse ponto?

— Ninguém — disse ele. — E por que acha que alguém me fez sofrer? Fujo apenas da cidade; as paredes parecem uma prisão. Preciso ser livre novamente.

— Essas paredes, ontem, não pareciam as de uma prisão. Você estava contente, satisfeito. Um coração feliz determina por si próprio a linha do seu horizonte, e ela é sem limites. Quer levar seu sofrimento para a solidão? Não quer contar o que te aflige a uma velha, que tem você como um filho?

Rodney baixou a cabeça e a sua fronte quase tocou o braço da poltrona da senhora Bellamy.

Depois, murmurou:

— Achei que era forte, mas não sou.

— Ao achar-se forte, se encontra fraco. O bispo sempre dizia: "Quando souber qual é seu ponto fraco, poderá fazer dele um ponto forte, se assim desejar". É sempre através do desânimo que recebemos as melhores lições de vida; basta não se deixar cair na tristeza e ser conduzido pelo desespero.

Rodney não respondeu.

Ele tinha vontade de contar tudo, mas não se achava no direito. Tomou a liberdade apenas de dizer:

— Sou como Valentim no último capítulo de *A grande separação*. A senhora sabe? A cena que não aprecia, na qual ele permanece de braços cruzados, só, sobre o rochedo, sem mais força ou esperança.

— Bem que eu disse que aquela cena era de desesperança — suspirou a viúva tristemente. — Ela te fez mal. Mas Romer é o grande culpado. Você é a segunda pessoa, em dois dias, em que percebo o pesar que essa cena traz.

Rodney sorriu constrangido.

— Qual é a outra vítima? — perguntou ele.

— Madge Hilary. Notei ontem como seu semblante perdeu a confiança. E, quando a interroguei, confessou que acabara a leitura de *A grande separação*. Um dia, talvez Max Romer seja castigado.

— Ah, mas vamos com calma — disse Rodney. — Um autor mostra a vida como a vê. E tenho certeza de que Max Romer tem passado por duras provas.

— Não é desculpa para destruir a coragem e a esperança dos outros. Mas há um monstro que é preciso destruir, eu bem conheço.

— Qual é?

— O nosso ego.

A viúva continuou o seu tricô e se inclinou para contar cuidadosamente as fileiras.

— Por que é preciso matar o ego? — perguntou Rodney. — O ego é essencial na vida. O respeito a si próprio, a estima, o domínio de si mesmo, a defesa própria, a afirmação da personalidade, ser senhor de si, todas estas coisas são absolutamente necessárias a um ser humano e, sobretudo, àquele que deseja progredir na vida.

A senhora Bellamy deixou o tricô de lado. Uma frase de Rodney prendeu a sua atenção. Focou nela, ignorando as outras.

— Não deveria existir no mundo essa vontade de ter tudo.

— O que disse?

— Ninguém deve viver apenas para si — afirmou a senhora Bellamy.

Rodney riu. Depois, compreendendo que a amiga falava com seriedade, parou de rir e seguiu no assunto:

— Um homem isolado é obrigado a viver inteiramente para si! A sua solidão obriga-o a se bastar.

— Diga que — respondeu a senhora Bellamy — o pecado de desejar ser autossuficiente foi o que criou a solidão. O bispo uma vez deu um sermão sobre um rochedo, mas seu discurso era sobre Deus e sobre amor. Eu vejo ainda diante de mim o bispo, de pé sobre esse rochedo, seus braços abertos, acolhedores, um resplandecente pôr de sol atrás dele e, ao redor, a fisionomia atenta dos fiéis. Que contraste com a cena final de *A grande separação*, em que o homem, absorto na sua angústia egoísta, está de pé, solitário, os braços cruzados, rodeado pela desolação!

Steele, sentado, a cabeça inclinada, o queixo apoiado à mão, não deu nenhuma resposta. A senhora Bellamy retomou o tricô e suavemente pôs-se a contar as fileiras outra vez.

Após uma pausa, Rodney falou:

— Outro dia, alguém que discutia comigo sobre esse livro sugeriu um fim melhor para *A grande separação*.

— Qual?

— Que, após dez anos de separação, Catarina e Valentim deviam se encontrar de novo. Com o falecimento do marido, Catarina estaria livre. Nunca pudera expulsar do coração o amor pelo seu primeiro noivo e o arrependimento por se ter recusado a ouvir as explicações que Valentim apresentara. Por seu lado, Valentim ainda a amava. As coisas poderiam se arranjar; eles se casariam e, acredito, seriam felizes.

— Um final encantador! — disse, sorrindo, a senhora Bellamy. — Max Romer deveria dar essa continuação ao seu romance.

— Discuti essa possibilidade — continuou Steele. — A perda da esperança do amor da mulher escolhida conduz um homem ao rancor. Certamente, a lembrança da noiva permanece no seu coração, mas como em um relicário que se abre de vez em quando, nas horas de tristeza e de desalento. O amor não era mais um amor vivo. Como um

Valentim envelhecido... despreocupado, repentinamente restituído à presença de uma Catarina envelhecida pela vida, assim como teria acontecido neste novo final proposto... Como Valentim poderia oferecer o amor que sentira quando era jovem?

— Claro que não poderia — concordou a senhora Bellamy.

— Por isso o final feliz é impossível, e o estado do velho Valentim fica pior do que antes.

— Então, meu caro Steele, vou indicar o meio de chegar ao final feliz.

— Qual é?

A senhora Bellamy largou o tricô:

— Que Valentim não leve mais em consideração o seu velho amor e que ame de todo o coração a nova Catarina.

— O seu rancor não torna isso impossível?

A senhora Bellamy abriu um exemplar elegantemente encadernado dos poemas de Tennyson, que estava na mesa ao alcance da sua mão. Virou as páginas, parou e leu os versos:

> *"O amor tomou a harpa da vida e fez ressoar todas as cordas com força.*
> *Ao contato dos dedos mágicos rompeu-se a corda do egoísmo."*

Ouvindo aquelas palavras, Rodney se lembrou da sua própria comparação com uma orquestra em cacofonia antes da chegada do regente.

O amor seria o maestro?

Sua vida teria estado desafinada por tanto tempo para, ao som da batuta, encontrar a paz ou silenciar de vez?

De novo apoiou a cabeça nas mãos. Encontrava a tranquilidade no silêncio.

A viúva o compreendeu e não pronunciou uma única palavra, mas o seu pensamento se elevava numa prece mental.

Daí a instantes, pousou afetuosamente a mão na cabeça melancolicamente inclinada.

— Caro filho — disse ela —, podemos parar de discutir por ficções e falar um momento de fatos reais? A vida vivida para si mesma se restringe cada vez mais, ano a ano, até ser reduzida ao estreito espaço de um caixão, a sete palmo debaixo da terra. Mas a vida que é dedicada ao outro, longe de se restringir, se desenvolve, se expande, não apenas por um, mas por toda a humanidade. Isto é uma verdade essencial da vida espiritual. Há muito tempo, Deus decidiu tirar de mim meus queridos filhinhos. Depois achou por bem tirar-me o consolo de passar a velhice com meu querido marido. Entretanto, por ter amado tanto meus filhos, meu coração agora está aberto para acolher todas as crianças. E o amor que meu marido e eu tivemos um pelo outro me ensinou a compreender e a tomar parte nas alegrias e nos sofrimentos alheios. Uma das primeiras parábolas divinas referentes à criação do homem foi esta: "Não é bom que o homem esteja só". Esta verdade de Genesis, primeiro livro da bíblia, é tão perfeita hoje como era há seis mil anos. Mas você sabe, como eu, que não é dado a todo homem encontrar uma companheira pela qual o amor se multiplicará. E é por isso que os privilegiados que alcançaram esse dom devem refletir bem antes de negá-lo.

O relógio bateu dez horas. Rodney ergueu a cabeça.

— Obrigado — disse. — Foi muito bom conversar com a senhora. Estava muito incomodado com algo que, por minha culpa, tornou-se um grande problema, e acredito que começo a enxergar onde está meu erro.

Permanecia de pé diante dela.

— Vou embora hoje, à meia-noite. Levo comigo a lembrança da sua grande bondade. Posso também levar a sua benção?

Levantando-se também, a senhora Bellamy tomou nas suas as mãos de Rodney com os olhos cheios de ternura.

— Deus o abençoe, meu filho, conduzindo-o ao bom caminho e preparando-o para os acontecimentos, quaisquer que sejam, que o futuro reserva. E agora, em lembrança do amor que a sua mãe te dedicava e do meu filho, que teria a sua idade, eu gostaria que me desse um beijo antes da sua partida.

Rodney inclinou-se e beijou a face da senhora. Aquele beijo pareceu purificar o coração, acalmar a sua vergonha: a de não ter podido dominar seus instintos há pouco, quando estava com Madge.

Além disso, a benção materna permitia que partisse, com um raio de esperança, para o exílio ao qual se impusera.

# XXX
# Boa noite

Quando o relógio bateu dez e quinze, Rodney esperava de pé, no vestíbulo, perto do telefone.

Os minutos passavam com lentidão.

A campainha do telefone seguia muda.

Rodney andava nervosamente para todas as direções.

— Às vezes demora para completar a linha — disse ele.

Veio dez e meia.

Então, Rodney se dirigiu a passos largos para o quarto.

Madge não ligaria.

Às onze horas, estava no vestíbulo com a pequena bagagem ao seu lado.

Escreveu um endereço numa folha de papel, depois tocou a campainha.

— Não sei quanto tempo ficarei fora, Jake — disse ele. — Aqui está o endereço para onde mandar minha correspondência. Pode ser que eu volte logo, pode ser que não volte mais. Se não voltar, envie as malas para o endereço anotado. Se perguntarem por mim, diga que viajei a pé. Se disserem que dezembro não é uma boa época para caminhadas, diga que sempre há lugar para fantasia. Não compartilhe esse endereço com ninguém, a não ser que seja de extrema importância. Não quero receber cartas, a não ser as relativas a negócios. Não me olhe assim, amigo, você e sua mulher me ajudaram muito, mas não consigo ficar na cidade por muito tempo. Tenho necessidade de ver penhascos, o mar, gaivotas, pântanos selvagens.

Jake auxiliou-o a vestir o paletó, pegou a bolsa, abriu a porta e chamou o elevador.

Antes de entrar, Rodney hesitou por um momento.

— Vamos, Jake, desça primeiro com as minhas bagagens, coloque-as num táxi e me espere. Eu desço logo.

Voltando ao apartamento, Steele entrou e fechou porta. Pegou a lista telefônica e procurou o número de Madge.

A linha foi conectada imediatamente.

— Alô?

— Sim?

Era a voz de Madge.

Rodney pôs o chapéu numa cadeira a seu lado.

— Você está aí? — disse ele com angústia.

— Sim, Roddie, estou aqui.

— Madge, pode me perdoar?

— Sim. De todo o coração. Perdoo.

— Vou embora.

— Imaginei que iria, Rodney.

— Mas não consigo partir sem seu perdão.

— Você o tem.

— Adeus, Madge.

— Boa noite, Roddie.

Ele pendurou o fone no gancho, pegou o chapéu e olhou ao redor. Compreendeu, num momento, que aquele apartamento se tornara uma casa para ele.

Desceu rapidamente as escadas e entrou no táxi que o esperava.

Quando o automóvel partiu, Steele se inclinou e olhou as janelas de Madge.

As cortinas estavam fechadas; entretanto, pareceu que uma delas se moveu, pois viu um facho de luz.

Enquanto o automóvel se encaminhava para a estação, Rodney se deu conta de que Madge havia respondido "boa noite" ao seu adeus.

Eram palavras de esperança.

# XXXI
# Um trágico acidente

Na tarde seguinte à partida de Rodney, Madge estava sentada à escrivaninha.

Ouviu baterem à porta e se arrependeu de não ter dito aos criados que não gostaria de ser incomodada.

A porta da sala abriu e fechou.

Madge recuou a cadeira e caminhou ao encontro do visitante, se perguntando quem podia entrar em sua casa assim, sem ser anunciado.

Saindo de trás do biombo, Billy apareceu. Um Billy tão pálido, tão espantado, tão hesitante, que o coração de Madge parou de bater.

— Billy! — gritou ela. — Billy o que aconteceu? Fale, Billy! Venha depressa aqui! Sente-se perto do fogo... O que aconteceu?

Billy se sentou, olhou para a irmã e umedeceu os lábios ressecados. Duas vezes tentou falar. Depois, desnorteado, virou-se para o fogo, que contemplou fixamente.

Madge se sentou em uma cadeira perto dele.

— Billy... — continuou ela.

Enfim, Billy falou:

— Valéria não escreveu *A grande separação* — disse ele lentamente e em voz alta.

— Soubemos disso ontem — objetou Madge delicadamente. — É mais chocante para você, irmão, mas não precisa dar tanta importância a isso. Além disso, sabe que pode contar com minha discrição e com a de Rodney.

Billy não se incomodou com a interrupção. Parecia nem ter ouvido.

— Valéria não escreveu *A grande separação* — continuou ele, olhando sempre fixamente o fogo —, mas a *concretizou*.

— O que quer dizer, Billy? — bradou Madge.

— Valéria está morta — continuou ele, a voz lenta.

— Morta? Valéria! Morta?!

— Sim, Madge. Encontraram-na morta esta manhã, quando entraram no quarto. O médico supõe que ela tomou uma dose muito forte de barbitúrico. Ah, não! Nada parece certo! Valéria nunca teria tirado a própria vida. Ela amava muito a vida e a si mesma. O médico em nenhum momento levantou essa hipótese. Não houve dúvida, a não ser um acidente. Mas te assustei! Perdoe-me, Madge, por ter contado dessa forma. Vou explicar tudo.

Ele respirou fundo, e Madge se aproximou para ouvir melhor.

— Tivemos uma cena terrível no carro, quando voltávamos para casa — Billy continuou. — Não quero contar os detalhes. Peço a Deus para esquecer, mas sei que não conseguirei. Quando chegamos em casa, vi Valéria se aproximar do fogo, de mãos abertas, e Morris pegar o casaco que ela tirara dos ombros. Eu ainda estava na escada da entrada, me questionando se ia para casa com Valéria ou se voltava ao carro para retornar à cidade. Foi então que ouvi um grito horrível. Corri para o hall. Valéria tinha caído com as mãos no braseiro... Sabe como ela anda, com as mãos sempre para frente? Ou ela prendeu o pé no tapete de peles, ou o grande calor após o frio a atordoou... Ninguém sabe a verdade; o certo é que ela caiu com as mãos no fogo. Embora Morris corresse para acudi-la, eu cheguei primeiro. Ergui-a e a sentei numa cadeira. O fogo não chegara a pegar em suas roupas.

Madge escutava tudo, horrorizada. Billy prosseguiu.

— Telefonamos ao médico. As mãos de Valéria estavam doendo muito, mas as queimaduras não eram graves. O médico fez os curativos com o maior cuidado e ordenou que se deitasse imediatamente, por causa do choque. Teve até que discutir com ela. Você sabe que Valéria não suportava dor. Tive receio que o médico acabasse perdendo a paciência. Valéria perguntava, de dois em dois minutos, se as suas mãos ficariam com cicatrizes. Birkett, o médico, começou a responder por evasivas; depois, diante da sua insistência, acabou por falar que, claro, as mãos ficariam com cicatrizes, mas que não duvidava que com tratamento ela conseguiria movimentá-las normalmente. Valéria gritou desesperadamente. Você sabe como amava as mãos. O médico saiu pouco depois. Ele recomendou sossego; deixou um narcótico para o caso em que a dor e a emoção a deixassem agitada. Eu só soube deste detalhe após a saída de Birkett e fiquei logo muito inquieto. Evidentemente, o médico ignorava que a minha mulher tinha o triste hábito de tomar drogas para dormir. Corri ao quarto para pedir que não tomasse o novo remédio. Como resposta, exigiu que a criada o desse no mesmo instante. Propus então ficar ao seu lado. Recusou e ordenou, furiosa, que me retirasse. Tendo o médico insistido em que não a contrariasse, saí, pedindo a Rosa que não a deixasse. Mas, uma hora depois, Valéria mandou que Rosa também saísse. Supus que fosse para tomar o remédio que sempre tomava. E esta manhã a encontramos morta, as mãos inchadas estendidas diante dela, sobre a coberta, como se dormisse.

— Billy! Billy! — disse Madge, apavorada. — Pobre irmão!

— O médico acredita — continuou Billy — que a primeira dose do barbitúrico por cima do calmante deixou Valéria atordoada, e que a segunda dose deve ter tomado sem saber o que fazia. E foi isso o que a matou. O seu coração estava fraco. O médico da sua família havia avisado, dizendo que eu deveria aconselhá-la a não tomar tanto calmante. Era este o motivo pelo qual eu ficava por longas horas perto dela. Queria impedi-la de tomar os remédios.

Billy fez uma pausa, depois ergueu para a irmã os olhos cheios de tristeza.

— Fiz tudo quanto pude por Valéria, Madge.

Madge chorava.

— Sim, eu sei, Billy. Você foi bom, extraordinariamente bom...

— Não, extraordinariamente, não. Eu era muito inferior a ela, mas amei-a e até ontem julgava que ela me amava.

— Até ontem?

— Sim. Ontem ela me disse que nunca havia me amado, se casou comigo apenas porque eu dava o que ela precisava... Sim, ela me disse. Eu a entediava menos que o outros, e é isso.

— Ah, Billy!

— As últimas palavras que ela me dirigiu, foram: "Vá embora! Você não pode ir embora?". E as últimas que Rosa ouviu dela, foram "Ah! Minhas pobres lindas mãos! Minhas lindas mãozinhas!".

— Pobre Valéria! — murmurou Madge.

— A família dela chegou em casa às duas horas. Eu saí quase no mesmo instante. Não consegui ficar com eles. Todos falavam mal dela, até a mãe! E bem no quarto onde ela estava estendida, morta! Você conhece o velho ditado: "Dos mortos, não fale senão bem". Minha esposa falava mal de vivos e de mortos, bem sei. E agora pagam com a mesma moeda, mas para mim é difícil de aguentar. A duquesa chegou às três da tarde. Falou muito mal da família. Você sabe que a duquesa não tem papas na língua. E vão carregar consigo para sempre toda a indignação dela. Vou viajar logo após o funeral. Mas eu queria muito que você estivesse ao meu lado até que tudo termine. Não suporto ficar a sós com a família de Valéria.

— Mas é claro que vou com você. Estarei pronta em quinze minutos.

Madge se levantou. Era bom se mexer. Achava que nenhum consolo seria suficiente, então falou para o irmão ir visitar a babá enquanto ela se aprontava e, indo à frente, foi ao quarto da mulher para prepará-la para a terrível notícia.

Madge teve tempo apenas de contar o básico antes de Billy aparecer.

— Venha, meu pobre pequeno, venha! — chamou a babá.

Billy quis sorrir ao se aproximar dela.

— Como vai, babá? Como vai? — Seu olhar recaiu sobre o cesto que ele e Valéria haviam escolhido para dar à senhora como lembrança do casamento: ele queria azul, por ser a cor favorita da babá, mas Valéria teimou que fosse cor-de-rosa. Tocou-o com emoção.

— Está morta, babá — disse ele. — Minha mulher morreu!

Madge ouviu Billy romper em soluços e viu a babá abrir os braços.

Ela se retirou, fechando a porta atrás si no instante em que Billy caiu de joelhos, perto da poltrona da velha criada, que tentava acalmá-lo como quando ele era criança.

# XXXII
# Uma notícia devastadora

A notícia do falecimento de lady Valéria alcançou Rodney numa vila praiana.

Ele chegara na hospedagem na tarde anterior, muito cansado, após um dia de caminhada ao ar frio. Estava incomodado com a falta de conforto.

Àquela hora da manhã, Rodney fazia a primeira refeição numa sala que lembrava um museu de história natural, de tantos que eram os animais empalhados, conchas, redes, esteiras, que se misturavam aqui e ali com flores de cera e fotografias.

Na tristeza em que Rodney se encontrava, comoveu-se com a melancolia de um esquilo que, sozinho em uma redoma de vidro, segurava nas patas uma grande noz, ao alcance da boca para sempre fechada.

Depois, Rodney fixou a atenção no gosto delicioso do pão caseiro, no salmão defumado e no doce de laranja.

Voltou a olhar para o pobre esquilo:

— Quando compreenderão que os animais têm os mesmos direitos à vida que os homens, que, por esporte, por passatempo ou por ambição, caçam e matam de maneira tão cruel?

Na cadeira ao lado, jazia um jornal de dois dias atrás. Os olhos de Rodney percorreram as matérias e caíram sobre a notícia da morte de lady Valéria, acompanhada de trágicos detalhes.

Sem rumo, saiu da estalagem, subiu ao penhasco em busca do ar marinho para conseguir compreender todo o horror de uma tragédia tão impossível de se prever.

Quando em frente a uma catástrofe que o tira do eixo, o homem que tem alguém para conversar tem outra perspectiva das causas, circunstâncias e tamanho do impacto, do que aquele que enfrenta a notícia sozinho.

O jornal falava da queda acidental no fogo, das mãos queimadas e da dose excessiva de barbitúrico tomada pela vítima, mas, desde o primeiro instante, Steele se convenceu de que lady Valéria se suicidara e que tinha sido impelida a este ato horrível e irremediável pela dureza com que ele denunciara a falsidade da sua afirmação de que ela era a autora de *A grande separação*.

Ele não compreendia como uma pessoa tão ensimesmada poderia ter cometido tal ato.

Não havia conhecido lady Valéria tão a fundo para imaginar sua indiferença a tudo que não dissesse respeito a ela. Não tinha como saber que ela não se importava com o sofrimento de Billy e nem a que ponto ela era capaz de suportar uma vergonha.

Ele não podia adivinhar que, antes mesmo de chegar em casa, lady Valéria tinha rido ante à ideia de se vingar dele e de Madge, descobrindo a natureza do segredo deles e encontrando assim um meio de castigá-los.

Aos olhos de Rodney ela era vítima da ira dele.

Considerou imediatamente que não devia ter levado tão a sério os caprichos de uma jovem acostumada a tantos mimos.

O que Billy estaria pensando dele? E quanto a Madge? Seria possível que nunca mais quisessem vê-lo?

Enquanto andava sem rumo, o horror do isolamento o invadiu.

As nuvens encobriam o pálido sol de inverno e o mar agitado havia se tornado cinzento. Gritando, as gaivotas voavam sobre sua cabeça.

Ele nunca mais poderia regressar ao apartamento ou voltar a ver Billy e Madge. Por que havia sido tão mesquinho?

O que importava quem era o autor do romance, já que resolvera nunca se deixar reconhecer? Se uma mulher frívola e tola ficasse feliz por fingir ser a autora do livro, por que se dera ele ao trabalho de a desmentir, para a humilhar? Ele e Madge poderiam ter guardado o segredo e rido juntos da presunção de lady Valéria.

Ele e Madge! Poderiam ter rido juntos! Madge e ele!

Que doces as palavras eram em meio à sua solidão e à desolação!

Sua única esperança de felicidade estava depositada em uma palavra: juntos.

Por sua escolha, negara o amor, mas deixara a porta entreaberta sabendo, no fundo do coração, que poderia voltar um dia e certo de que, se voltasse, Madge, que sempre o compreendia, compreenderia. Mas a morte de Valéria havia fechado aquela porta. Não havia mais esperança para ele.

Diante do resultado, sua conduta com lady Valéria na biblioteca parecia a ele terrivelmente egoísta. Não havia pensado em Billy ou tido piedade com sua mulher. E agora era tarde. Só restava a ele ir embora e nunca mais voltar para perto das pessoas às quais só trouxera angústia e desamparo.

Quando chegasse ao outro lado do mundo escreveria a Madge. Não! Isso seria ainda mais egoísta e inútil. Devia suportar as consequências das suas ações. Daria tudo para poder implorar à amada: "Perdoe-me; eu não tive a intenção de causar tanto mal".

A noite já estava alta quando Rodney Steele chegou à vila do condado de Norfolk, onde as bagagens o esperavam, bem como as cartas expedidas por Jake.

O correio estava fechado; teve que se contentar em pegar as malas na estação.

Lembrando-se da desagradável experiência na estalagem e dos animais empalhados, dirigiu-se ao melhor hotel, próximo ao correio e perto da igreja.

Passou a noite buscando notícias nos jornais, novos detalhes, mas não encontrou nada, salvo a manchete do dia anterior, às três horas da tarde, de que Billy trazia luto, acompanhado pela irmã, Madge Hilary.

Cansado de corpo e espírito, Rodney subiu ao quarto.

No hall do elevador, encontrou um grupo de jovens que se despediam entre si.

— É amanhã — bradou uma das moças com alegria. — Amanhã é a véspera do Natal! Vou pôr meus sapatos na chaminé. No ano passado, Papai Noel me deu um relógio de pulso. Este ano, eu disse bem baixo, perto da chaminé, que desejo um colar de pérolas. Boa noite a todos.

Rodney subiu a escada.

Amanhã, véspera do Natal? Claro, aquele era o dia 23. Ele havia perdido a noção do tempo.

Depois de amanhã será o dia do Natal.

Há dez anos não passava as festas na Inglaterra!

Ele e Madge deveriam, esse ano, passar as festas com Billy e Valéria.

Agora, Madge e Billy passariam juntos, mas com que tristeza! Enquanto eles, Steele e lady Valéria, passariam sozinhos. Ele, olhando o horizonte vazio do mar; ela, no fundo de uma sepultura, fechada no estreito caixão.

Era a punição a ambos que haviam cometido o pecado do egoísmo.

Os outros dois, que tinham sido bons e generosos, estariam juntos numa casa aconchegante.

Quando Rodney apagou a luz, lembrou-se das palavras da viúva do bispo, no momento de sua partida:

— Deus o abençoe, meu filho, conduzindo-o ao bom caminho e preparando-o para os acontecimentos, quaisquer que sejam, que o futuro reserva.

Estas palavras auxiliaram-no a achar as horas menos longas e a escuridão menos triste.

# XXXIII
# Uma luz na escuridão

Rodney almoçou cedo. A manhã estava clara e fria. O sol nasceu tingindo o céu marítimo de vermelho.

— O sol já não sobe atrás da selva de chaminés — pensou ironicamente o viajante.

Então se lembrou das árvores de Londres, que se enfileiravam sob o céu de inverno. Como estava longe do apartamento e de tudo que se relacionava a ele!

Ao deixar a sala de jantar, passou diante do telefone do hotel e quase ligou para o apartamento de Billy para insistir em falar com a enfermeira-chefe ou o Dr. Brown. Jake responderia: "É o hospital que procura?".

No correio, recebeu duas cartas endereçadas de novo de Regent House, pela esposa de Jake, cuja letra reconhecera. Uma era a carta de negócios que esperava, a outra...

A outra, caramba, era de Madge!

Qual é a sensação de um náufrago, julgando-se perdido em pleno oceano, que percebe, de repente, assim que o nevoeiro se ergue, que uma onda acaba de o atirar na água calma de um porto, cheio de luzes e barcas?

Rodney não via a letra dela há dez longos anos; entretanto, reconheceu-a imediatamente. De um salto entrou no hotel, subiu a escada, fechou-se no quarto e sentou-se numa poltrona. Rasgou o envelope. A carta trazia a data de 21 de dezembro.

Steele leu:

*Caro Rodney,*

*Estou certa de que soube pelos jornais do que aqui se passou. Foi angustiante para mim, Billy e você que a morte de Valéria se desse tão perto da cena desagradável que tivemos com ela.*

*Mas Billy e eu temos que dizer, imediatamente, que você não tem nenhuma responsabilidade neste drama e que o falecimento da minha cunhada não foi causado pelos incidentes daquela tarde.*

*Ela tinha perdoado a humilhação e parecia muito alegre.*

*Billy viu-a entrar no vestíbulo, festejando o lindo fogo da lareira, do qual se aproximou com as mãos estendidas, depois acabou tropeçando no tapete.*

*Após o acidente ela se preocupava unicamente com as cicatrizes das mãos, não pensando mais em nenhum de nós, nem em A grande separação.*

*E meio entorpecida pelo narcótico prescrito, acabou tomando outra dose de barbitúrico.*

*Billy se culpa por não ter ficado ao lado dela, mas Valéria o pôs porta afora, sem aceitar a companhia dele. Ele se viu obrigado a aceitar e deixá-la com a criada.*

*É tudo tão doloroso, não acha?*

*Billy ficou assustadíssimo, no retorno à casa deles, pela total indiferença de Valéria. Ela disse, empertigando-se toda, que nunca o havia amado e que tinha se casado apenas pelo dinheiro.*

*Talvez eu e você tenhamos culpa nessa revelação: com Valéria sendo desmascarada e humilhada, esqueceu toda a prudência, vingando-se em Billy.*

*Mas não vamos sofrer pelo leite derramado. Essa revelação auxiliará Billy a suportar sua tristeza e superar o trauma das cruéis desilusões causadas por sua mulher.*

*Esses quatro meses de tortura da vida conjugal com Valéria serão esquecidos.*

*Quando estiver reestabelecido da revelação de nunca ter sido amado pela esposa e da perda precoce, ele voltará a ter gosto pela vida, dessa vez mais prudente e menos ingênuo, e espero que não fique amargurado. Todos gostam de Billy. A simpatia e afeto com que é tratado por todos ajudará em sua recuperação. Não podemos admitir que, por ter sido enganado por Valéria, sua vida esteja perdida.*

*No momento, ele decidiu fechar a casa e viajar por pelo menos um ano. Disse mesmo ontem à tarde: "Se Rodney voltar a viajar, talvez permita que eu vá com ele". Não duvidei da sua amizade e o incentivei a lhe escrever a esse respeito.*

*Aí está a maior prova de que meu irmão não o acusa de nada. Acredita-se que Valéria teria falecido do mesmo modo em outra ocasião.*

*Imagine, Rodney, que momentos de angústias vivemos. E, apesar do que disse sobre Valéria, meu coração se compadece da pobre criatura. Ela está linda em seu caixão.*

*Billy cobriu-a de rosas brancas, que esconderam as mãos inchadas.*

*Não é mesmo comovente não poder ela saber o quanto está linda neste momento, ela que dava tanta importância à sua beleza?*

*Você não a conhecia o bastante para notar que todos os seus movimentos eram estudados e que estava sempre pensando na aparência.*

*Fiquei muito comovida por Billy encomendar tudo ao contrário dos seus próprios gostos, unicamente porque sabia que Valéria desejaria que o velório fosse assim.*

*A cerimônia fúnebre será amanhã, portanto antes do Natal.*

*Não poderíamos suportar por mais tempo.*

*Billy acaba de entrar no meu quarto com o rosto lívido. Trouxe-me dois moldes das mãos de Valéria, que há pouco encontrou numa gaveta. Perguntou-me o que devia fazer deles. Tomei-os e subi ao quarto de Valéria. Pedi para que colocassem com ela no caixão. Não acha que fiz bem?*

*Mas preciso parar de escrever.*

*Espero que entenda que só escrevi para que não tenha nenhum remorso, não o acusamos, Billy e eu, de modo algum de ser a causa, mesmo indireta, da tragédia que se abateu sobre nós.*

***Madge***

*P. S.: Não tentei descobrir seu endereço, deixei a carta com Jake.*

*Não saia da Inglaterra sem se lembrar do desejo de Billy. Ele estará pronto para partir a qualquer dia e me deixará controlando seus negócios.*

Rodney se levantou, dobrou a carta e foi até a janela.

O sol refletia no mar:

— Madge! — disse ele — Caramba! Madge! Madge!

No momento, para ele, esse nome continha todo o universo.

Caramba! Ela entendeu tudo, compreendeu tudo! E quanta generosidade!

Imaginou-se beijando sua linda mão que escrevera aquela carta e agradecendo.

Escreveu que ele e Billy deveriam viajar e ela ficaria responsável pelo regulamento da sucessão, da gestão do domínio, de alugar o apartamento e enfrentar as inevitáveis complicações; depois voltaria à solidão, esperaria... Esperaria o quê? Billy voltar?

Sua vida seria então em constante espera? Nunca seria recompensada?

Pegou mais uma vez a carta e a leu de novo com ansiedade, esperando descobrir um sinal, uma indicação entre as linhas que o autorizasse a crer que ele tinha ainda um lugar nos projetos futuros de Madge.

Nada! Madge não era de escrever nas entrelinhas.

Rodney fora quem fechara a porta. Não cabia a ela reabri-la.

Não lhe restava mais nada. Precisava obedecer e partir com Billy, assim os dois sofreriam e se recuperariam juntos.

Ele saiu e foi caminhar pelos rochedos, sentindo-se estranhamente tranquilo e feliz. Daria a ela o poder de organizar sua vida. E imporia silêncio aos novos sentimentos que enchiam o seu coração e nos quais não queria pensar.

Atravessou a praia e chegou a uma vila onde já havia estado e de que gostava imensamente.

No lugar de uma velha igreja, da qual amara as ruínas cobertas de hera, havia agora uma outra habilmente restaurada.

Aproximou-se do átrio da igreja e examinou o trabalho recente com o mais vivo interesse.

Na porta que dava para o poente estava pendurado um mealheiro para receber as contribuições voluntárias. E, por cima desse mealheiro, uma pintura representando a ruína da outra construção, coberta de hera, desolada, destacando-se num céu rubro. Em letras de ouro, lia-se no céu do quadrinho:

*Reparai nas ruínas da minha alma, e fazei do meu coração uma casa de orações.*

— Que linda pintura — notou Rodney.

O artista chegou, de fato, a reproduzir não apenas o aspecto das ruínas, mas também a impressão de abandono e de solidão. E a pintura levava o visitante a deixar uma doação.

Mas as palavras, pintadas de ouro no céu de púrpura, tocavam ainda mais profundamente os corações religiosos.

Rodney percebeu que maquinalmente repetia bem alto a inscrição:

— Reparai nas ruínas da minha alma, e fazei do meu coração uma casa de orações.

Tomou uma cédula de cinco libras do bolso e a depositou no cofre. Depois voltou ao atalho do penhasco.

# XXXIV
# O lar

Ao sair da vila, Rodney parou em frente à uma velha chácara cujo jardinzinho era roeado por uma cerca baixa.

Enquanto o viajante se aproximava, a porta da casa se abriu e uma jovem apareceu vestindo um vestido de percal lilás e um xale de lã sobre os ombros. Tinha numa das mãos um prato cheio de miolo de pão, que trazia para espalhar na relva. Em seguida parou encostada ao muro e contemplou o mar refletindo o sol.

Um pintarroxo que esperava numa macieira aproximou-se dela na mesma hora para bicar o pão espalhado.

Havia algo na mulher, uma dignidade, uma honestidade, algo que agradou Rodney. Era um lindo quadro: ela, no seu vestido lilás contra o fundo branco da fachada da casa. A porta aberta deixava ver um lindo fogo aceso na lareira.

Rodney não se moveu para não espantar o pintarroxo e todos os outros passarinhos famintos que estavam juntos dela.

O pintarroxo voltou ao posto de observação na macieira e soltou seus trinados de alegria.

A jovem ergueu os olhos e sorriu.

— Ah, Bobby! — disse ela. — Amanhã te darei queijo em honra ao Natal!

— Bravo! — interveio Rodney do outro lado. — Eu aprovo que deem queijo aos passarinhos.

Ao ouvir a voz, a moça se virou e deu um grito. E, no seu sobressalto, derrubou o prato, que se despedaçou.

Rodney cumprimentou.

— Caramba! Desculpe tê-la assustado. Posso comprar outro prato para repor o que quebrei?

Mas ela se aproximou da cerca com as mãos estendidas.

— O senhor! — bradou ela! — O senhor! Esta manhã mesmo pedi a Deus que permitisse que eu o encontrasse novamente!

Rodney observou o rosto magro erguido para ele: era o da pobre viúva, a vendedora de fósforos.

Ele pegou, por cima do muro, as mãos trêmulas.

— Que coincidência! — disse ele. — Andei Londres inteira atrás da senhora. Alamedas, ruas, avenidas, todos os lugares perto da esquina na qual nos encontramos! E é aqui, finalmente, no jardim de uma chácara à beira mar, que a encontro!

— Por que me procurou, senhor, se já havia sido tão generoso?

— Porque — disse Rodney — desejava saber de que maneira uma libra podia ser o suficiente para tirá-la da miséria, mesmo que momentaneamente, e ajudá-la. Conversei muito com uma viúva amiga minha sobre as suas palavras. Você mencionou um certo lar. Ela julgou que provavelmente a senhora estava atrasada no aluguel, mas eu afirmei que a palavra "lar", dita daquela forma, deveria ter outro significado.

Ele examinou a confortável chácara com o fogo crepitando e acrescentou:

— Era desse lar que falava?

— Era sim, senhor — respondeu ela. — Para mim, aquela libra significava o regresso à casa onde passei a minha infância, perto do meu pai, da minha mãe e de conhecidos que me dariam trabalho. A sua moeda dourada permitiu que eu ajustasse minhas contas com a proprietária do alojamento em Londres e comprasse uma passagem para voltar. Logo que meu marido morreu, fiquei sem dinheiro, sem casa, sem nada. Tive que vender meus únicos móveis para pagar as dívidas do funeral. Eu não sabia mais o que fazer. Vendia fósforos para comprar o pão e na esperança de economizar algo para que houvesse a possibilidade de voltar a minha terra, junto da minha família. Não queria pedir dinheiro aos meus pais, que não são ricos, como vê, mas tinha certeza de que me receberiam de braços abertos se eu pudesse voltar. Eu não gostava de pedir. A única instituição de caridade a que me dirigi prometeu me ajudar, mas nunca me deram notícias. Até a ajuda chegar, os pobres estão mortos e enterrados. Isso simplifica muito as coisas. Foi no momento de maior desespero que o senhor deu para mim a exata quantia que eu necessitava. Ajustadas as contas com a proprietária da casa onde eu me instalara, tomei o primeiro trem para cá e, desde então, sinto como se nunca tivesse saído daqui. Ganho o suficiente para cuidar de mim e dos meus pais. Meus patrões me fizeram caseira daquela casa enorme que se vê lá embaixo, que fica vazia o inverno todo e que é cheia de objetos valiosos. Além disso, outras pessoas que me conheceram mocinha me encomendam costuras. E é ao senhor que devo tudo! De manhã até a noite peço a Deus que o recompense e estou certa de que Ele me atende. Serei muito ousada, pedindo que entre em nossa humilde casa? Faz muito frio para permanecer aqui fora e minha mãe terá muito prazer em agradecer o senhor.

Rodney acompanhou a jovem. Gostou de ver a mudança na mulher que conhecera em Londres.

Lá dentro, um velho casal sentado próximo ao fogo se levantou quando ele entrou: o homem, curvado, tinha o rosto marcado por rugas e as sobrancelhas espessas; a mulher era pequena e tinha aparência frágil. Ela exprimia a gratidão de maneira um tanto exuberante, quase chorando. Tomava-se da alegria que lhe dava a visita daquele generoso senhor e ao mesmo tempo de inquietação pelo que o velho iria dizer.

Apresentando os pais, a moça sorria com orgulho. Ela mostrava a humilde casa de forma encantadora.

Rodney ouviu tudo ao mesmo tempo, sob pontos de vista diferentes. Narravam aventuras interessantes ou comoventes, como a história da moça propiciara voltar para casa.

Polly trabalhava para os senhores das terras, e quando debutou tinha vários pretendentes. Muitos moços da vila fizeram-lhe a corte e ela quase aceitou o pedido de um marceneiro, Willy, mas um chofer estrangeiro, muito bonito e galanteador, conquistou o coração dela. Willy então teve o coração partido.

— Ela se arrepende — disse o velho, tirando o cachimbo da boca para fazer um pequeno sinal a Rodney.

A jovem viúva mordeu os lábios e olhou para a janela.

Via-se à pouca distância a oficina de marcenaria, da qual Willy era agora o patrão, e bem perto dela a casa que mandara construir, embora não tivesse se casado.

Os proprietários do carro conduzidos pelo chofer voltaram a Londres e ele convenceu Polly a abandonar o emprego e se casar com ele.

Casaram-se apenas no civil.

— Não podia esperar que um casamento tão às pressas desse certo — considerou o pai.

Isso fazia cinco anos!

A princípio, Polly escrevia frequentemente e pelas suas cartas parecia ser mais feliz do que tinha o direito de esperar. Depois, suas cartas tornaram-se raras, muito espaçadas e finalmente não vieram mais. Então, o fiel Willy partiu para Londres a fim de saber o que havia acontecido com Polly. Voltou trazendo as tristes notícias. O marido de Polly, entregando-se à embriaguez, perdera o bom cargo e passara a conduzir um táxi, mas logo cassaram sua licença, também por causa da bebedeira. Não parava em emprego nenhum. Ah! E não era mais bonito! E Polly, mãe à época, também estava magra e envelhecida.

A família vivia em dois quartos. Polly trabalhava para sustentar a si mesma, o filho e o marido alcóolico.

Depois de retornar ao interior, Willy enviou dinheiro. Mas Polly devolveu, preferindo morrer de fome a aceitar o dinheiro dele.

A criança morreu. Ela teve que mudar de residência, mas recusou-se a informar o novo endereço. Então ninguém mais sabia onde estava.

Há oito dias bateram levemente à porta e a mãe foi abrir. No batente estava Polly, na sua tristeza, pálida, trêmula, em dúvida.

Ela balbuciou:

— Minha mãe, meu pai, voltei para casa. Posso entrar?

Neste ponto da história a mãe pôs-se a soluçar. O velho chupou violentamente o cachimbo para esconder a emoção.

— Não nos demoramos a abrir os braços e fazê-la sentar-se diante do fogo — disse ele, em meio a um pigarro. — E juramos: mal se sentara nessa velha poltrona, declarou que fora graças à generosidade de um senhor, que lhe dera uma libra por uma caixa de fósforos, que pôde chegar até aqui. Felizes os misericordiosos, porque obterão misericórdia!

Polly voltou para Rodney o olhar de agradecimento.

— O senhor sabe agora o que significava o lar. Todos aqui são muito bons para mim. Sigo a vida como se nada tivesse mudado... exceto eu mesma — acrescentou ela, baixando a voz. — Não sou mais a mesma mulher. Sofri e sofro muito.

Conversaram mais um pouco e depois Rodney levantou e se despediu amigavelmente do casal.

A senhora chorou de novo e acompanhou Steele até a porta, cobrindo-o de bênçãos.

Polly vestiu um casaco e saiu com ele, seguindo-o bem de perto.

— Então, Polly, que me diz do fiel Willy?

O rosto da jovem se entristeceu.

— Uma noite, ao passar por aqui, ele entrou — disse ela. — Ele está bem. É o fiel Willy de sempre. Eu sei o que ele sente, o que espera, mas...

— Mas o quê? — perguntou Rodney, notando a perturbação da moça.

— Então, senhor! Willy não mudou. Quase não envelheceu, viveu aqui à minha espera. Como ele tem sido bom para os meus pais! Mas, o problema é que eu mudei. Há cinco anos cometi um erro e devo suportar as consequências. Agora, conheço a vida. Conheço a dor. Vi meu filho morrer e encarei muitas vezes a possibilidade de morrer de fome. Naquele tempo eu era mais moça que Willy, mas agora sou muito mais velha. Parece impossível voltar a ser o que era. Os sentimentos de hoje não serão os mesmo de antes, cheios de confiança e ilusão.

— Certamente —Rodney concordou com autoridade. — Mas Polly, a senhora tem muito a dar para o fiel Willy! Ele merece mais que um amor instintivo e ignorante como recompensa dos longos anos de espera, fidelidade e generosidade. É preciso que a senhora tenha de novo *amor* por Willy. Ele merece o amor de uma mulher que tem vivido e sofrido, de uma mulher que sabe e compreende.

De pé, perto da porta que ela conservava aberta, perguntou ruborizada:

— Será? Eu conseguiria?

— Certamente conseguirá — disse Rodney. — Não deixe que um único erro, tão antigo, ponha a perder a sua vida e a dele. Você teve uma nova chance. Aproveite, Polly.

Ela olhou para o lado da casa de Willy.

— Agradeço, senhor, pelo seu conselho.

— Isso também significa lar, Polly?

Ela sorriu.

— Talvez, senhor.

— Conte-me se as coisas se arranjarem — concluiu ele, dando-lhe um cartão de visita. — Envie uma carta para esse endereço, e ela será entregue a mim. E, logo que fixar o dia do casamento, se eu não estiver em outro país, vou querer participar.

De novo, ela sorriu e seus olhos sofridos brilharam. À perspectiva de um lar reconstruído, ela não parecia mais a mesma; a esperança a transfigurara.

Rodney se despediu cordialmente e continuou o passeio pela vila.

O canto do pintarroxo na macieira acompanhou-o por um tempo.

Quem teria imaginado que uma moedinha dourada fosse um fator tão importante na vida de quatro pessoas?!

Pensando assim, Steele teve nova compreensão da sua responsabilidade, lembrando que ter tanto dinheiro guardado em um banco era inútil.

— O divino Pai os tem nutrido — disse ele aos passarinhos. — Polly, na sua pobreza, deu a eles seu pão, porque queria ter uma parte, embora mínima, na obra de Deus.

O escritor começava a sentir que falhava em sua solidariedade.

Caminhava ao acaso, assobiando, sonhando, quando repentinamente se viu perto da igreja, no velho cemitério.

# XXXV
# O Cemitério

Rodney Steele deteve-se em meio às sepulturas e olhou ao redor de si.

Estava num jardim de papoulas. Por mais esquisito que isso pudesse parecer, mesmo sendo véspera de Natal, uma papoula abria a seus pés no chão gelado, uma minúscula mancha escarlate.

Ele a apanhou e a colocou na lapela.

Anos atrás havia visitado aquele mesmo cemitério no alto da escarpa. Quando tiveram que demolir a velha igreja e construir uma outra em outro lugar, longe das ruínas, não tocaram na torre coberta de hera, e que servia, há algum tempo, como um farol para os marinheiros. Mas estava perto o dia que ela seria engolida pelas ondas.

Era impossível andar entorno dela.

Rodney entrou e, erguendo os olhos, viu enormes rachaduras na parede, que demonstravam o abandono.

Quando saiu, notou que as pedras tumulares haviam sido transportadas para longe da extremidade instável e cuidadosamente deitadas na relva.

Aproximou-se delas para ler os epitáfios. Um deles, bem longo, o atraiu. Essa pedra cobria o túmulo de um caseiro muito amado e que morrera bem velhinho, cem anos atrás.

O seu epitáfio dizia, por seu pedido, que ele havia sido um grande pecador, mas a família redigira em dezesseis linhas uma contraprova, contradizendo a fala do morto e enumerando todas suas qualidades.

Um sorriso irônico aflorou nos lábios de Rodney. Certamente o caseiro sabia que teria defesa.

Numa outra lápide lia-se o epitáfio: "Consagrado à memória de Denis Blythe". Depois, as datas, e embaixo, em grandes caracteres: "Prepara-te, viandante, para encontrar o teu Deus".

Rodney repetiu aquelas palavras e considerou quantos milhares de transeuntes as teriam lido desde o tempo em que ali haviam sido gravadas.

E então foi atingido pela verdade das palavras. Elas tocaram o coração de Rodney e o colocaram face a face com a realidade do passado, do presente e do futuro.

Com a súbita claridade de um relâmpago, ele compreendeu que as palavras eram o significado da vida.

"Viandante, prepara-te para encontrar o teu Deus."

Com a cabeça descoberta, conservou-se ali, procurando aprofundar o significado daquela mensagem da morte.

Vivera dez anos sem ideal, sem crenças, sem fé.

Após o término do noivado, vivera dia a dia unicamente ocupado com o presente, viajando, escrevendo, procurando o sucesso e, depois, aproveitando do sucesso obtido. Mas a paz da alma era desconhecida para ele.

Trabalhar, escrever, aguardar o sucesso, fora seu único foco, seu único desejo.

Enterrara o passado e não desejava encarar o futuro.

Contava unicamente com o presente e, no presente, ele próprio era sua única companhia.

"Prepara-te, viandante, para encontrar o teu Deus".

Cada qual tinha a liberdade de se preparar como entendesse; mas seria esse encontro inevitável?

E qual era o Deus que devia encontrar um dia?

O sucesso, ser conhecido, a opinião dos críticos, a fortuna... O que seria de tudo isso após a morte?

— E agora, Senhor, que tenho eu a esperar? Minha esperança está em ti.

Lembrou-se da frase do bispo, como em resposta às suas inquietações: "Deus é amor".

Ele pôs o chapéu, meteu as mãos no bolso do paletó e andou de um lado para o outro.

Então, analisando os dez últimos anos da sua vida, entendeu que foram vazios por não haver neles conhecido o amor, nem humano nem divino.

Depois, num momento, o precioso amor de uma mulher tinha sido ofertado a ele, que havia recusado. Fora pego de surpresa. O ego respondera à oferta mais pura que poderia ser feita. "Você não me serve para nada. Não te quero. Não me aborreça!".

"Deus é amor! Deus é amor!"

O elemento humano e o divino eram um só em sua epifania. Por estar longe de um durante anos, sentiu-se incapaz de aceitar o outro.

No seu egoísmo orgulhoso, pusera tudo a perder. Mas a esperança não era permitida? Parou na extremidade do penhasco, bem perto da velha torre da igreja.

As doces palavras de Bellamy voltaram aos seus ouvidos:

"Deus o abençoe, meu filho, conduzindo-o ao bom caminho e preparando-o para os acontecimentos, quaisquer que sejam, que o futuro reserva."

E, de súbito, no alto do penhasco varrido pelo vento, Rodney sentiu-se renascer para uma nova vida.

"O vento sopra..."

Sabia que naquele momento algo em sua alma despertara.

Rodney voltou e aproximou-se de novo da pedra que cobria o túmulo de Denis Blythe.

Recordações angustiantes retratavam sua Madge, perdida durante dez anos!

Mas repeliu essas dolorosas imagens e, de cabeça descoberta, sobre a lápide, fez o primeiro ato de seu perdão:

— Eu perdoo a mulher que se meteu entre nós dois — disse ele em alta voz. — Perdoo ela como espero ser perdoado.

# XXXVI
# "Reverie"

O pintarroxo cantava sem cessar na macieira quando Rodney passou outra vez diante da cerca baixa da chácara. Continuou o seu caminho, e logo viu a casa do marceneiro. Pela janela, um homem aplainava uma tábua, e ele ergueu os olhos. Tinha um aspecto agradável, os olhos azuis, os cabelos espessos e frisados, a barba castanha.

Era Willy que trabalhava na casa, futuro lar de Polly.

Será que ela aproveitaria essa segunda chance?

Rodney olhou o relógio. Tinha andado bem depressa, justamente o tempo de chegar ao hotel, arrumar a mala, pagar a conta e apanhar o expresso que o levaria a Londres.

O que faria depois, nem ele sabia. Mas, sem demora, era absolutamente necessário ir ao apartamento de Billy.

Madge não estaria lá, pois passaria o Natal com o irmão. Mas, após as festas, certamente voltaria para a casa.

Em todo o caso, esperaria Madge ou Madge o esperaria.

Conseguiu tomar o expresso. Teve ainda tempo, ao se dirigir à estação, de entrar num empório e encomendar uma quantidade de coisas, pedindo que as levassem imediatamente à chácara situada no penhasco; Polly e seus pais teriam com isso um alegre Natal.

Uma das coisas que escolheu foi um soberbo presunto vindo de York.

— E, principalmente, ponha um pedaço grande de queijo — disse ele ao atendente que o servia. Pensava na promessa que Polly havia feito ao pintarroxo.

— A metade de um queijo Stilton, senhor?

— Sim, é suficiente.

Londres estava envolvida em seu manto de nevoeiro e fumaça. Quando Rodney chegou diante de Regent House, não se podia ver as janelas dos andares superiores. Mas as que estavam visíveis, isto é, as do apartamento de Billy, estavam fechadas. Mais uma vez não receberia as boas-vindas.

Entretanto, quando Jake abriu a porta, Rodney foi agradavelmente surpreendido pelo aspecto acolhedor do vestíbulo aquecido e iluminado, como se previssem a sua volta.

Naquela noite, confortavelmente sentado perto do fogo numa das grandes poltronas da biblioteca, Rodney ouvia o relógio ao longe. Não se sentia solitário, apesar de estar só. A epifania despertada pela meditação do cemitério auxiliava-o a examinar, pesar e julgar todos os acontecimentos da sua vida; a reconhecer os erros cometidos e entender como repará-los. Com isso como bússola, seus pensamentos eram rápidos.

Aconselhara Polly a aproveitar a segunda chance de ser feliz.

Agora era ele quem estava decidido a se casar com Madge. A felicidade da sua vida dependia da resposta de sua amada.

Primeiro, ele tinha negado seu amor.

Depois, tinha gritado, durante a crise de ciúme sem fundamento, por causa de sua beleza, trazendo um sentimento de posse do passado para o presente. Ele a havia insultado e envergonhado a si mesmo, aproveitando-se da confiança dela em um arrombo de paixão.

E, após tal explosão de paixão, como não caíra a seus pés para suplicar que se tornasse sua esposa? Estremecia, lembrando-se da palidez e do silêncio de Madge, da expressão de espanto com que fora embora.

Ela perdoara aquela fraqueza, tivera piedade dele. Mas teria seu amor sobrevivido à ofensa da fuga? E podia ele encarar a vida, uma vida nova, uma regeneração, se tivesse perdido o amor de Madge?

Nunca quisera perder o amor dela.

O orgulho bobo de ter se sentido ofendido por ter sido enganado ao telefone impedira-o de ceder logo ao desejo profundo da presença de Madge.

Para satisfazer a vaidade egoísta e ser capitão do próprio destino, negara, deixando a mulher amada confusa e humilhada por declarações inúteis. Punindo-a, punira a si próprio. E o pior é que encontrara uma alegria perversa em fazer sofrer, já que sabia desde o início que acabaria se casando com Madge.

Veio então a morte súbita de lady Valéria, pela qual se sentia culpado e que podia ser seguida de uma irremediável ruptura com Madge, bem quando finalmente compreendera o quanto a amava.

Conhecera então o maior desespero da sua vida. A viúva do bispo não se enganava: seu antigo amor por Madge não podia em nada ser comparado ao que sentia agora pela sra. Hilary.

No primeiro exame de consciência, Rodney não se perdoara; julgava-se incrivelmente egoísta e inábil.

Tirou do bolso a última carta da sra. Hilary e a leu de novo.

Aquela carta trouxera, a princípio, imenso reconforto. Mas, pouco a pouco, mostrava o que era: unicamente um ato de generosidade e de justiça. Não continha nenhuma palavra que o autorizasse a pensar que era esperado ou desejado. E aquela insistência de Madge para que levasse Billy em suas viagens não significava que ela própria preferia estar longe dele?

Chegou ao fim da carta: “Espero que entenda que só escrevi para que não tenha nenhum remorso; não o acusamos, Billy e eu, de modo algum, de ser a causa, mesmo indireta, da tragédia que se abateu sobre nós”.

— “Billy e eu”.

Essas palavras pareceram colocar os irmãos de um lado e Rodney, inteiramente só, do outro.

Ele dobrou a carta.

Madge se afastava dele. Esquecera voluntariamente a fórmula habitual “sua Madge” e assinara simplesmente “Madge”.

Rodney se inclinou para a frente, apoiou o cotovelo nos joelhos e sustentou a cabeça nas mãos.

— Não posso viver sem ela — gemeu.

Uma sensação de solidão o invadiu.

O relógio longínquo bateu dez horas.

— E agora, caramba? Minha esperança está no Divino. Dê-me força para viver sem ela, se tal é o seu desejo e se isso é melhor para ela. Para obedecê-la, acompanharei Billy na viagem e farei de tudo para distrai-lo. Meu Deus, me dê coragem.

Sentado sozinho, via-se como Valentim ao fim de *A grande separação*; porém, os animais pastando a seus pés eram o ego a que a senhora Bellamy fizera alusão.

Após este apelo a Deus, Rodney se sentiu com a alma mais tranquila.

Então, no apartamento vizinho, separado por apenas uma parede, em meio de grande silêncio, o piano de Madge fez-se ouvir, tocando “Reverie” de Schumann.

Rodney ficou atordoado, não podendo acreditar no que ouvia. Como? Madge estava ali, tão perto dele? Seria possível?

Cada nota parecia trazer uma mensagem: saudades do passado, tristeza pelo presente, tímida esperança no futuro.

A melodia celebrava a nobre alegria de dois corações que se unem e se elevam juntos nas asas do amor. O mesmo tema, mudando de clave e passando ao tom menor, lamentava-se em desilusões; depois, voltando ao tom maior, clamava o triunfo do amor e da confiança, que expulsavam para longe as dores da separação e da dúvida.

O trecho acabava num decrescendo, mas as últimas notas, tocadas com força, pareciam gritar através da parede ao ouvido ansioso de quem escutava:

— Você está aí?

VOCÊ ESTÁ AI?

Rodney se levantou de um salto, correu ao telefone e pediu o número da sra. Hilary à telefonista.

Depois, ofegante, angustiado, esperava a resposta e, não podendo mais conter-se, murmurou no aparelho:

— Madge, você está aí, Madge?

— Sim, Rodney, estou aqui.

— Madge, não posso viver sem você!

— Ah, Roddie, enfim descobriu?

— Descobri? Creio que já sabia! Te amo muito, como homem algum jamais amou uma mulher.

— Roddie, não consigo ouvir isso pelo telefone, é insuportável. Venha me dizer aqui em casa.

— É possível que você ainda queira me receber, Madge? Fui, por orgulho, um estúpido, um bruto.

— Apesar disso, pode vir, sim, meu querido! O amor tudo compreende e tudo perdoa. Venha aqui em casa.

— Madge, não posso viver sem você.

— Roddie, me recuso a ouvir as suas declarações pelo telefone. Bobo! Chega de sofrer! Já nos fez perder muito tempo.

— Madge, eu...

— Vou desligar o telefone!

Rodney também desligou.

Ele desceu lentamente no elevador, como num sonho maravilhoso.

— Prepare-se para encontrar...

Estava preparado e, no entanto, sentia-se realmente indigno de um amor tão belo, tamanha e extraordinária era sua felicidade.

A porta do apartamento da sra. Hilary estava aberta. Rodney entrou e a fechou.

A da sala encontrou entreaberta; empurrou-a, mas deteve-se um momento atrás do biombo.

De repente, pareceu quase impossível atravessar a sala para chegar ao lugar onde, certamente, Madge estava sentada, próxima ao fogo, como na noite em que a destratara.

Estava tão envergonhado e confuso!

Quilômetros de tapete o separavam da sra. Hilary! Como conseguiria transpô-los com calma, sendo observado pela mulher amada? Será que nunca chegaria até ela?

E, quando chegasse, o que diria?

Mas a mulher que o amava e que muito bem o conhecia, levantou-se e, a passos rápidos e leves, atravessou o salão logo que o avistou.

Assim que Rodney decidiu caminhar e se encontrou em plena luz, Madge passou os braços pelo pescoço dele.

O seu amor fizera desaparecer os obstáculos, e palavras eram inúteis.

# XXXVII
# Do mesmo lado da parede

Uma hora depois, Madge dizia:

— Meu querido, é preciso que você vá embora. Não posso deixar que fique aqui até meia-noite. Mas ficarei nesta sala até que soem as doze badaladas; e, então, poderá me ligar e desejar feliz Natal pelo nosso cúmplice, o telefone.

— O telefone nos cansa — disse Rodney — e a parede que nos separa ainda mais! Diga-me, Madge, não poderemos obter, por favor, uma licença e nos casar amanhã?

— Claro que não. Nunca ouvi sobre casamentos no Natal...

— Não importa o dia! O que importa é ter logo você a meu lado, a minha querida.

— Esperar um pouco mais não fará mal, Roddie! A espera não será muito longa. Talvez até a véspera do Ano Novo. Gostaria que começássemos o ano juntos?

— Claro que gostaria! Prometa que será nesse dia, Madge.

— Sim, querido, prometo.

— Nos casaremos na igreja de Marylebone — decidiu Rodney. — Jake e sua mulher serão as nossas testemunhas. Não podemos pedir ao Billy para ser testemunha, mas o bispo servirá no lugar dele.

— O bispo? Que bispo?

— Para nós não há senão um único bispo, e a senhora Bellamy será a procuradora. Ela falará tudo o que ele teria dito. Será como se ele estivesse presente.

Madge sorriu.

— Acredito que nossa amada viúva tenha sido de grande ajuda, Rodney.

— Com certeza. E uma outra viúva também, a vendedora de fósforos... que me contou sobre o significado de lar. Percebi depois que a situação dela era igual à nossa.

— Não sei se gostará da minha casa em Hasmelere — disse a amada.

— Onde você cultiva as flores que usa na cintura? Claro que gostarei. Mas vigiarei a produção das flores, a fim de que haja apenas para uma lapela; e uma única cintura.

— Não seja bobo. Não sei de onde aquele homem achou as flores iguais as minhas. Foi pura coincidência. Rodney, iremos a Hasmelere no dia do nosso casamento?

— Não, a menos que você queira muito. Desejo passar o ano de um lado ou do outro da parede: você escolhe qual.

Os olhos de Madge se iluminaram de alegria.

— Muito bem. E depois?

— Uma semana em Haslemere, depois onde você quiser.

— Então, no Egito. Depois que li *A Sentinela do Deserto*, quero muito conhecer o país.

Rodney se alegrou, depois se entristeceu:

— Billy está em Overdone. Tive notícias de hoje de manhã. Ronald Ingram está também na casa da duquesa. Parece que viajarão juntos. Naturalmente, se Billy quiser, mais tarde poderá reunir-se, mas não imediatamente.

Apenas às onze da noite ela conseguiu por fim convencê-lo a partir, mas não foi fácil.

# XXXVIII
# O presente de Natal

À meia-noite, Rodney esperava perto do telefone que Madge ligasse para dar boas-festas.

Ouviu as doze badaladas do relógio e os carrilhões das igrejas vizinhas.

Era Natal!

Sua sorte era tão grande que mal podia acreditar.

Os cânticos natalinos, ao longe, elevavam as almas.

Rodney tinha no peito um sentimento de triunfo, uma paz profunda no coração e boa vontade com todos.

Como era fácil perdoar a enfermeira que, no passado, roubara a sua felicidade! Aquela tristeza de antes poderia ser comparada com a felicidade de hoje? Ele se felicitava por ter sabido perdoar mesmo quando sofria, quase sem esperança.

O telefone tocou. Rodney atendeu.

— Alô? É do 494 Mayfair?

Era a voz doce.

— Sim — disse Rodney.

— Desejo falar com a enfermeira-chefe ou com o Dr. Brown.

Rodney riu, encantado.

— A enfermeira-chefe e o Dr. Brown devem se casar hoje, dia de Natal, como sabe. O Dr. Brown foi encomendar a roupa.

— Ah, que interessante! — respondeu a voz doce. — Ah, Roddie! Será que são tão felizes como nós?

— O Dr. Brown é — disse Rodney com ênfase. — Pela enfermeira não posso responder.

— Vamos assistir ao casamento?

— Não quero assistir a nenhum casamento que não seja o seu.

— Meu querido, não seja obtuso. Claro que assistirá a meu casamento, vou enviar um convite e uma flor para a lapela.

— Madge?

— Sim.

— Eu tenho uma coisa a comunicar, mas que não pode ser dita pelo telefone. Posso voltar por um instante para o seu lado da parede?

— Não, não pode. Você já me disse tanta coisa pelo telefone que tenho certeza de que ele servirá para o que deseja comunicar. Vamos, de que se trata?

— Desejo um feliz Natal.

— É tudo?

— Não, há ainda uma porção de coisas.

— Compreendo. Venha amanhã almoçar aqui e darei meu feliz Natal.

— Madge. Na próxima semana, a essa hora, essa parede não mais existirá entre nós, nem o telefone... E eu poderei dizer tudo o que quero.

— Boa noite, Roddie.

— Boa noite, Madge.

E ele escutou Madge colocar o fone no gancho, mas ainda ficou ouvindo, atento, por um instante. Depois, com um sorriso tomando seu rosto, desligou também o telefone.

Este livro foi publicado em agosto de 2022 pela Editora Nacional.
Impressão pela Gráfica Impress.